VALÉRIE PÉRONNET

UN PETIT GLAÇON DANS LA TÊTE

roman

calmann-lévy

COUVERTURE
Maquette : cedric@scandella.fr
Adaptation : Constance Clavel
Illustration : © Elis Wilk

ISBN 978-2-7021-5757-2

Au colonel Moutarde
qui attendait l'amour dans le salon, près de la cheminée,
(malencontreusement) armé d'un chandelier.

J'écrivais des silences, des nuits,
je notais l'inexprimable, je fixais des vertiges.

Arthur RIMBAUD,
« Une saison en enfer », *Délires II.*

Ils m'ont appelé Max. Je ne sais pas pourquoi. Max, ça fait penser à Maximum, comme un horizon ouvert, un paysage sans fin où on peut écarter grand les bras, respirer très fort et après crier son nom à la terre entière. Je l'ai déjà fait, j'aime bien. C'était dans une campagne vers les Cévennes, un Noël. J'ai eu l'impression que j'étais un oiseau immense qui dépliait ses ailes, j'ai même cru que j'allais m'envoler. J'étais grand comme un géant. En bas dans la vallée, on voyait une ville microscopique qui fumait dans le froid de l'hiver. Le ciel était bleu comme le soleil d'aujourd'hui. Mon cerveau s'est mis à scintiller à l'intérieur de mon crâne et toutes les images bizarres qui s'y croisent d'habitude se sont évaporées. À ce moment-là, je me suis senti grand. Grand comme un Maximum. Grand comme le paysage. Grand comme le ciel et comme le monde entier. Alors j'ai vérifié qu'il n'y avait vraiment personne autour de moi, même pas le chien qui m'avait suivi sur le chemin avant d'arriver.

J'étais tout seul. J'ai inspiré tout l'air que je pouvais. Au maximum. Et quand j'ai senti que c'était le moment, j'ai crié jusqu'aux étoiles. J'étais grand ouvert au milieu de l'univers, vide et rempli, planté comme un arbre et envolé comme un aigle. J'ai crié le nom qu'ils m'ont donné, puisque c'est le mien.

Et là, j'ai compris. Ils n'ont pas fait exprès, sûrement. Ils ne pouvaient pas savoir que le petit minuscule tout replié à qui ils ont donné ce nom étrange, si déplacé, pourrait un jour être à ce point considérable. Fort. Libre. Ils ne savaient pas, mais peut-être qu'ils l'ont espéré. Ça m'étonnerait. En tout cas, ils ont eu raison : parfois, c'est un beau nom et il me va bien.

Je l'ai crié une deuxième fois, encore plus fort, pour qu'il existe vraiment : « Max ». L'écho a répondu : « Maaaaaaax. Maaax. Maax. »

Après, ça a été le silence. Je ne me suis plus souvenu comme j'étais grand. Et je suis redevenu un petit minimum. Comme avant.

Emma, ils l'ont appelée Emma. Comme la chanson qui dit : *Emma, je m'appelle Emma, et je ne sais pas si jamais cœur aima aussi fort que moi, je m'appelle Emma.* J'aime bien. Il faut dire, j'aime bien Emma. Beaucoup, même. Énormément.

Ça a commencé il y a longtemps, quand elle était bébé. Ils ont dit qu'elle était arrivée trop tôt, sur le coup je n'ai pas bien compris pourquoi. Parfois, les mots disent le contraire de ce qu'ils racontent. On l'attendait, on l'attendait et puis un jour c'était la catastrophe parce qu'elle avait décidé d'arriver, mais trop tôt. C'est tout ce dont je me rappelle, et aussi que j'ai filé dans ma meilleure cachette, sous l'escalier qui montait à ma chambre. Elle sentait l'odeur des vieux livres comme dans les brocantes et surtout, si on voulait, on pouvait ne rien entendre du tout de ce qui se passait dans la maison. Dans cette cachette, je n'avais jamais peur grâce à une petite ouverture ronde dans le haut de la porte, un mini trou de souris, qui laissait passer un fin rayon de lumière, juste assez pour pouvoir regarder danser les grains de poussière.

Je les ai entendus crier et me chercher partout mais je n'ai pas bronché, à peine respiré, pour qu'ils ne me trouvent pas. Elle pleurait, il hurlait, ils me cherchaient partout en parlant d'aller à l'hôpital et d'appeler Mouna pour qu'elle vienne me garder. Mouna est arrivée, ils sont partis et tout s'est calmé d'un coup. J'ai attendu encore un long moment avant de me glisser hors de ma cachette tout doucement sans faire de bruit. Mouna lisait dans le sofa, elle m'a regardé avec ses yeux clairs, verts comme une lumière douce au coucher du soleil, quelquefois, pas souvent, juste avant qu'il fasse nuit. Elle a caressé mes cheveux et elle a demandé tout bas : « Mais pourquoi tu leur fais ça ? Ton père et ta mère étaient morts d'inquiétude. »

Ça aussi c'est une drôle d'expression. Ils n'étaient pas morts, seulement partis à l'hôpital parce que Emma avait décidé d'arriver beaucoup trop tôt. J'aurais voulu l'expliquer à Mouna, et aussi qu'elle me dise pourquoi c'était une catastrophe, qu'Emma qu'on attendait depuis des mois et des mois arrive enfin. Mais finalement, je n'ai pas parlé du tout. J'ai embrassé la main de ma grand-mère là où la peau est douce, au-dessus de la grosse veine qui va vers le doigt du milieu, celui qui porte sa belle bague avec le diamant de toutes les couleurs. Et puis j'ai attendu qu'ils reviennent de l'hôpital avec Emma.

Ça a pris un peu de temps. Je me suis beaucoup caché pour bien réfléchir à ce que je lui dirais quand j'allais enfin la voir. Mouna m'a laissé faire : elle ne se fâchait jamais quand je me cachais. Elle ne me cherchait pas non plus. Elle me faisait confiance. Elle sait que je reviens toujours, il suffit d'attendre que ce soit le moment. Tout le monde ne peut pas comprendre. À eux, elle a essayé de leur expliquer, mais ils ne pouvaient pas. Ils disaient que c'était anormal de disparaître comme ça. Que quelque chose ne tourne pas rond chez moi et qu'il allait bien falloir, un jour, trouver quoi.

Je crois qu'ils n'ont toujours pas compris que c'est le contraire. Quand je me cache, c'est justement pour laisser tourner en rond ce qui tourne rond, chez moi. Un petit truc dans ma tête, qui a besoin de temps pour mouliner lentement, lentement, jusqu'à ce que toutes mes idées se remettent à leur place. Après, le petit truc passe de l'une à l'autre, comme dans les jeux à colorier qu'on donne aux enfants, où il faut relier les chiffres dans l'ordre pour faire apparaître un dessin qui représente quelque chose qu'on n'imaginait pas. Je savais que c'était à ce moment-là qu'il était temps de sortir de la cachette : quand toutes mes idées étaient reliées entre elles, pour laisser apparaître une histoire à peu près bien rangée.

Quand ils sont rentrés de l'hôpital avec Emma, j'avais un peu organisé mes idées mais pas assez pour savoir quoi lui dire. Alors je n'ai rien dit du tout. Je l'ai regardée beaucoup mais en douce, pour qu'elle comprenne sans que j'aie besoin d'expliquer. Un peu comme je fais maintenant avec Charlotte quand on va inspecter le jardin du château.

Voilà comment ça a commencé, entre Emma et moi. J'ai tendu un fil très doux entre mon cerveau et le sien, pour qu'elle comprenne sans que j'aie besoin de parler. Un fil invisible, très fin et très solide, qui ne se coupe jamais, même quand je suis caché, même quand elle est loin, même si on est fâchés. Ça s'appelle un fil-de-frère. C'est très précieux, et très rare.

Après, je l'ai prise dans mes bras. Elle était toute petite et elle sentait incroyablement bon. Elle avait des lèvres rose foncé, très bien dessinées, et aucun cheveu sur la tête. Des grandes mains merveilleuses avec des petits doigts vraiment fragiles. Je me souviens d'avoir senti une chaleur douce envahir mon bras, et puis tout mon corps, jusqu'au cœur. Et j'ai compris pourquoi ils l'ont appelée Emma. C'est à cause de la chanson : *Et je ne sais pas si jamais cœur aima aussi fort que moi.*

Je savais, moi.

Ça fait un moment, maintenant, que je suis au château. Ça ne peut pas durer indéfiniment, surtout que je commence à me sentir mieux, et que j'ai beaucoup moins froid. Aujourd'hui, le soleil est bleu comme j'aime, entre azur et lapis-lazuli, et tout est calme dans ma tête. C'est une belle journée pour laisser revenir les mots. Je ne sais pas depuis combien de temps tout s'est tu. Des mois. Des années ? Plus un mot, même à l'intérieur. Un grand silence, polaire. Frigorifié. Et puis là, depuis quelque temps, les voilà qui se réveillent, un peu, beaucoup. Peut-être que c'est grâce à Victor, qui m'écoute me taire sans s'énerver depuis je ne sais pas combien de semaines. Ou alors grâce à Charlotte qui me laisse la suivre dans le parc sans rien dire, comme si c'était normal, un mec qui ne dit jamais rien. Bon, Charlotte n'est pas très bavarde non plus, il faut bien l'admettre. Victor m'a dit qu'elle parlait de temps en temps, mais moi, je n'ai encore jamais entendu le son de sa voix. J'aime bien, ça me repose.

Le bleu outremer du mur de ma chambre m'a fait beaucoup de bien, aussi. Enfin, pas vraiment outremer.

Je dirais entre outremer, céleste et saphir. Un bleu bien profond dans lequel on peut plonger pendant des heures sans s'ennuyer. C'est ce que j'ai fait, d'ailleurs. Je me suis caché dans ce bleu. J'y ai plongé, pendant des heures et des jours, en espérant que ça me réchaufferait un peu. Je ne sais pas si c'est ça qui a marché, mais à un moment, j'ai senti que j'avais légèrement moins froid. J'ai pu m'éloigner un peu du mur pour m'approcher de la fenêtre. C'est comme ça que j'ai vu Charlotte, la première fois, dans le parc. Elle était toute petite au milieu de ces grands arbres, comme un insecte ou un oisillon. Elle portait un manteau rouge garance, un bonnet rose fuchsia, des gants aubergine et elle avait cet air qu'elle a toujours, à la fois très fragile et très décidé. Je l'ai observée longtemps. Il m'a fallu plusieurs semaines pour me faire une idée de son petit manège. Quand j'ai fini par comprendre que tous les matins, elle fait le tour des fleurs pour voir si elles ont poussé, et tous les après-midi, celui des arbres pour discuter un peu avec eux, je me suis dit qu'on pourrait sûrement passer pas mal de temps ensemble.

Je ne lui ai pas encore parlé, mais je crois que j'en aurai bientôt envie. Dès que je me serai un peu réhabitué aux mots.

C'est comme si tout s'était arrêté, à l'intérieur de moi. Pétrifié. Congelé. Pris par la glace. Ce qui s'est passé juste avant, je ne m'en souviens pas. Mais mon enfance, ça oui, ça commence à revenir. Des images, plein. Des couleurs aussi, évidemment. Des odeurs, un peu et puis les mots de dedans, qui me parlent à moi-même. Je suis content de les retrouver, mais je ne suis pas encore prêt à les laisser sortir. Victor dit que c'est pas grave, on a le temps. Et puis je suis sûr, mais alors sûr et certain que Charlotte, elle, n'a pas besoin que je les prononce pour les entendre, mes mots. Un peu comme avec Emma, quoi.

Emma.

Quand Emma est arrivée à la maison, c'était très simple et très compliqué. Je me souviens, ils étaient complètement affolés, et je n'arrivais pas à comprendre pourquoi. Elle passait pratiquement tout son temps à dormir. Et quand elle ne dormait pas, elle se mettait à pleurer, jusqu'à ce qu'on la prenne dans les bras. On ne peut pas dire que ce soit très compliqué, ça : il suffisait de lui faire un câlin pour qu'elle s'arrête de pleurer. Mais eux, ils paniquaient en se demandant si elle avait faim, ou mal, ou froid, ou chaud, ou peur. Moi, je la prenais contre moi en lui racontant des choses très tendres bleu clair, rose dragée, vert amande ou blanc nacré, que des couleurs délicates. Je les lui disais sans mots, en secret, parce que les choses très tendres ne se disent pas devant tout le monde. J'utilisais le fil-de-frère, c'était plus simple. En quelques secondes, mes tendresses arrivaient dans le cerveau de ma petite sœur, ou dans son cœur, ou dans son âme, on ne sait pas, et elle s'arrêtait de pleurer jusqu'à ce qu'ils aient décidé si elle avait faim, ou mal, ou froid, et qu'ils préparent le biberon, ou le bain, ou toutes ces sortes de choses qu'on fait pour les bébés.

Je voyais bien qu'ils n'aimaient pas tellement que je la prenne sans demander la permission. Mais comme ils aimaient beaucoup qu'elle arrête de pleurer, ils m'ont très vite laissé faire. Et tout ce qui était compliqué est devenu plus simple.

Au début, Emma ne me regardait presque pas, mais je savais que ça n'était pas contre moi. Tous les bébés font ça : ils gardent les yeux fermés parce qu'il y a trop de bruits dans le monde. Je suis sûr qu'ils ferment aussi les oreilles, comme moi quand j'étais dans ma cachette. Ils sont trop petits pour se servir de leurs mains, mais ils doivent savoir qu'on peut fermer ses oreilles sans bouger les mains, juste en décidant que le bruit n'entrera pas. Peut-être même qu'ils savent que si on ferme les yeux en même temps, ça marche mieux.

Alors voilà, je la prenais sans la regarder ni lui parler avec ma voix, pour ne pas la gêner et mieux me concentrer sur la chaleur d'amour au creux de mon bras et sur les jolies choses qui glissaient le long du fil-de-frère. À elle, ça lui plaisait beaucoup mais à eux, ça leur faisait peur, je crois. Un jour, je les ai entendus en discuter avec Mouna :

– C'est inquiétant quand même cette manière qu'il a de la tenir sans bouger, sans lui parler, sans la regarder, comme si elle était une chose inerte.

– Elle n'est pas inerte, et en plus, ça la calme presque instantanément.

– Parfois, je me demande s'il la calme ou s'il la terrorise.

– Elle a l'air d'être terrorisée ?

– Non.

– Alors arrêtez de vous poser toutes ces questions. Laissez-les tranquilles, tous les deux. Vous voyez bien qu'ils s'adorent. Et Max n'a jamais eu l'air aussi heureux...

Je ne me souviens plus quel âge avait Emma la première fois qu'elle a utilisé le fil-de-frère pour me répondre. Elle était encore très petite, mais elle dormait beaucoup moins et gardait les yeux ouverts bien plus longtemps. Le plus souvent, ils étaient assez noirs mais de temps en temps, ils devenaient presque gris presque verts, presque comme ceux de Mouna. Je les regardais parfois, pour lui montrer les miens, mais pas trop pour ne pas la déranger. C'est gênant quand les gens vous regardent trop dans les yeux, on a l'impression qu'ils veulent entrer dans votre tête sans avoir été invités.

C'est ça que j'ai bien aimé aussi avec Charlotte. On a pris le temps de se regarder, petit à petit, en faisant bien attention de ne pas se déranger.

Évidemment, je ne voulais surtout pas déranger Emma. Je l'ai regardée, donc, mais discrètement. Elle, elle m'a regardé très fort parce que les bébés ne savent pas mesurer leur force. Un peu comme leurs mains qui partent dans tous les sens mais qui n'arrivent pas à attraper l'objet qu'elles ont envie d'attraper, ou alors qui le serrent tellement qu'on ne peut plus le leur enlever. Ça s'apprend, ce genre de choses. À ce moment-là, Emma était trop petite pour savoir.

Finalement, au bout d'un certain temps, j'ai posé mes yeux dans les siens, pas trop vite. Elle a dit quelque chose d'incompréhensible, avec une bulle qui sortait de sa bouche. Et puis elle a fermé les paupières pas trop vite, en me regardant très fort. J'ai senti un truc arriver à l'intérieur de moi par le fil-de-frère. C'était rose vif et blond soyeux. C'était beau. Vraiment très beau. Je m'en souviendrai toute ma vie.

À partir de ce moment-là, on a pu se parler très facilement elle et moi, sans que personne ne s'en rende compte, ou alors peut-être Mouna mais je n'ai jamais réussi à en être complètement sûr. C'était très pratique pour prévenir, expliquer ou envoyer des messages, des couleurs, des musiques, des images. Pour dire qu'on a peur ou mal ou envie de rigoler, et l'autre répond quelque chose qui fait du bien. Et puis parfois, on n'envoie rien du tout mais l'autre attrape quand même ce qui se passe à l'intérieur de vous et là, ça lui permet de savoir que vous avez besoin d'être consolé ou rassuré ou aidé ou laissé tranquille ou encouragé et ça rend quand même la vie plus douce, je trouve. Sauf que du coup, c'est difficile de garder un secret. Mais Emma et moi, ça ne nous a jamais dérangés : des secrets, on n'en a presque pas. Ou alors des tout petits sans importance, faciles à cacher et pas grave si l'autre les trouve. Des pacotilles, rien à voir avec ce que les gens sont capables de planquer, d'inventer, d'oublier, de déformer. À cette époque, je n'imaginais pas tout ce qui peut se passer dans les cerveaux et tout ce que ça peut produire comme complications. Mais à un moment, on grandit et on est bien obligés de se rendre à l'évidence. C'est ce qui nous est arrivé à Emma et moi.

Heureusement, nous, on avait le fil-de-frère. Je ne sais pas comment je m'en serais sorti, sans lui. Et surtout sans elle.

Du peu que je me souviens, quand j'étais très petit, tout allait bien. Nous vivions dans un appartement bizarre, mais vraiment joli, qui ressemblait à une maison complètement biscornue juchée sur le toit d'un immeuble. Je dormais sur une sorte de balcon au-dessus du salon, et le lit de mes parents était caché dans un grand placard invraisemblable derrière la table de la salle à manger. Ma mère faisait sa peinture dans la cuisine, et quelquefois, les coquillettes avaient une drôle de couleur. Forcément, elle posait ses pinceaux à côté des cuillères, et ça se mélangeait. Les coquillettes devenaient orange, ou vertes, ou bleues, comme le tableau qu'elle était en train de peindre. Elle disait : « C'est pas grave, c'est de la gouache », avant de tout recouvrir avec du gruyère râpé. J'adorais ça.

Dans cet appartement-là, elle me racontait des histoires. On se blottissait serrés sur le canapé et elle me disait : « Choisis un cahier. » Des cahiers, elle en avait un nombre invraisemblable. Partout sur les étagères, et aussi des piles posées par terre, et encore plein la table au milieu du salon. Quelquefois, je choisissais le dernier, qu'elle n'avait pas encore refermé. Elle disait : « Tu es sûr ? Il n'est pas encore sec. » C'était justement pour ça qu'il me faisait envie. Pour que je puisse m'en mettre plein les doigts, comme elle, et avoir les mains de toutes les couleurs. Quelquefois, j'allais en chercher un sur une étagère du haut, en grimpant sur l'escabeau. Un vieux cahier tout poussiéreux, à la couverture un peu gondolée et aux pages tellement sèches que quand on les tourne, on a l'impression qu'elles vont se casser. Elle soupirait : « Oh lala, c'est drôlement loin tout ça... », et j'aimais bien parce que j'avais l'impression qu'elle le découvrait avec moi.

Dans les cahiers de ma mère, tout est mélangé : des dessins, des collages, du pastel, de la gouache, des crayons de couleur, des feutres, du stylo-bille... Je sais très bien comment elle fait : elle en trimballe continuellement deux ou trois dans son grand sac – elle a toujours un grand sac, et au fond, toutes sortes de crayons. Quand elle a une idée, dans le métro ou au supermarché, à la terrasse d'un café, au cinéma, à un feu rouge, n'importe où, elle plonge sa main dans son sac, très vite, comme si c'était une urgence absolue, elle choisit un cahier, au pif, un crayon, au pif, et elle fait son dessin. Parfois, ça dure deux minutes avant qu'elle ne range tout. Parfois ça dure des heures, et on a l'impression qu'elle est perdue dans ses pages et que plus personne ne peut aller la chercher. J'aime bien ces cahiers-là, moi, où tout est en désordre. Quand la tête d'un énorme monstre en colère recouvre à moitié le croquis d'une machine psychédélique, et que la page d'après, des fleurs géométriques très précises se mélangent avec des mots minutieusement calligraphiés, mais qu'elle est seule à comprendre. Je crois que si je pouvais dessiner comme elle, moi aussi je ferais des cahiers en désordre. Mais c'est absolument impossible. Moi je ne dessinerai plus jamais. Jamais. C'est beaucoup trop dangereux.

Il y a aussi les autres cahiers, très beaux, beaucoup plus calmes, qui racontent une histoire du début à la fin, dessinés en détail, fignolés et mis en page comme des livres. Un vrai travail d'artiste. Des chefs-d'œuvre, même. Ceux-là, ils sont prêts à être publiés. Mais elle ne les publie pas, personne ne sait pourquoi.

Quand j'étais petit, je me disais que si je voulais vraiment comprendre ma mère, il faudrait que je lise tous ses cahiers pour essayer de relier les dessins les uns aux autres, comme je faisais quand je me cachais pour tourner en rond. Et je me demandais combien d'années ça pourrait me prendre pour y arriver. Elle en a tellement, des cahiers…

Quand ma mère me lisait un cahier, surtout un vieux, j'adorais l'entendre reprendre son accent. C'est normal, ses dessins étaient remplis de Montréal, alors elle parlait comme on parle là-bas. Un peu comme Violette, ma grand-mère et beaucoup comme mon grand-père Pierre, le Grand-Pierre. Elle me racontait le quartier où elle a grandi, le dépanneur tout en briques englouti sous la neige pendant l'hiver. Et les arbres rouges et flamboyants de l'automne, les gros bus jaunes pour aller à l'école, les patins à glace, la rivière gelée, les chalets sur les îles au milieu des lacs, et les promenades qu'elle faisait avec Grand-Pierre, les bateaux sur le fleuve et le camping dans la forêt. Elle parlait de plus en plus vite, en tournant les pages du cahier. Elle racontait les *parties* et ses chums, les chasses au trésor au Mont-Royal, les expéditions dans le bois et la cabane à sucre et la tire d'érable. Elle parlait, elle parlait, elle parlait, et à un moment elle se taisait, d'un coup. Elle refermait le cahier et disait d'un ton sec, comme si j'avais fait une bêtise : « Ça suffit maintenant, retourne dans ta chambre. » Avant de filer dans la cuisine pour faire beaucoup de bruit avec les ustensiles.

Je ne sais pas ce qui se passait dans sa tête quand elle se plongeait dans ces souvenirs. J'imagine que c'était pas très formidable, vu l'état dans lequel ça la mettait. Et j'avais déjà remarqué qu'il n'était jamais question de Violette, seulement de Grand-Pierre. Mais j'avais bien compris qu'elle ne voulait pas en parler. Jamais.

Ou alors, elle ne pouvait pas.

Quand j'ai eu cinq ans, je m'en souviens très bien, c'était quelques jours après mon anniversaire, nous avons déménagé. On a mis tous les cahiers dans des cartons, tous les cartons dans un camion et on a transporté tout ça dans un appartement beaucoup plus grand, avec un atelier pour ma mère, un beau salon blanc et ocre, entre brique et fauve, avec un balcon qui donnait sur le sommet des arbres du square, une chambre taupe pour eux avec un autre balcon d'où on voyait la tour Eiffel, enfin, juste le haut de la tête, un bureau sépia pour mon père, un escalier pour monter jusqu'à une belle chambre sous les toits pour moi, avec un grand mur bleu glacier, une belle moquette vert d'eau et un Velux sur lequel on entendait tambouriner la pluie. Et à côté, une petite chambre vert opalin et rose thé. Vide. Ils ont dit « C'est pour le bébé ». Ça m'a fait un drôle d'effet.

Après, Emma est arrivée.

À l'époque, je me suis torturé l'esprit des jours et des nuits pour essayer de comprendre pourquoi, à ce moment-là, ma mère est devenue si triste. Je n'arrivais pas à croire que c'était à cause d'Emma : elle est tellement réussie. Ni à cause du nouvel appartement de toutes les couleurs, parce qu'il était vraiment super avec ses grandes pièces, du soleil toute la journée et l'atelier avec une verrière pour qu'elle puisse peindre et donner ses cours de peinture si elle avait envie.

À un moment, j'ai bien été obligé d'admettre que c'était sûrement moi qui la rendais triste comme ça.

Alors je me suis mis à me cacher de plus en plus, quand le monde faisait trop de bruit, et surtout quand elle se mettait en colère, qu'elle hurlait en disant des choses terribles qui me faisaient mal et même carrément peur. Pendant longtemps, j'ai tout mélangé. J'ai cru que c'était parce que je me cachais qu'elle était triste et qu'elle se mettait en colère, et parfois même en furie, et qu'elle se cachait à son tour, pour pleurer. Même si je me concentre vraiment sur cette question, je n'arrive plus à me souvenir lequel de nous deux a commencé. Je pense quand même que c'est elle. En tout cas, une chose est sûre : c'est à partir de ce moment-là que pour moi, la vie est devenue beaucoup, beaucoup plus difficile.

Quand je suis arrivé au château, je n'avais aucune idée de l'endroit où j'avais atterri. Je me souviens vaguement que c'est Emma qui m'a amené, elle avait les cheveux très courts et je ne l'avais pas vue depuis une éternité. Elle était accompagnée d'un type que je ne connaissais pas. C'est lui qui conduisait. C'était l'hiver, je crois. En tout cas, il faisait très froid. J'ai tout de suite aimé la voix douce de Victor, et le beau mur bleu de ma chambre. J'ai eu du bol de tomber sur outremer. Ici, chaque chambre a une couleur. J'aurais pu tomber sur safran, émeraude, mandarine. Je ne suis pas sûr que ça m'aurait fait autant de bien. Là, je suis exactement dans la bonne couleur. Je ne sais pas comment dire : c'est comme si ce bleu-là me prenait dans ses bras, et en même temps me remplissait de consolation. Un peu comme quand on plonge dans l'océan, on n'entend plus le monde du dehors, c'est profond et reposant.

Le reste du château, je n'ai pas capté. Pas tout de suite en tout cas. J'avais trop froid.

Au début, j'ai cru que Charlotte me faisait penser à Mouna, à cause de ses très beaux cheveux blancs. Elles doivent avoir à peu près le même âge, toutes les deux. Ou alors, Charlotte est un peu plus vieille. Mais au fur et à mesure que j'ai fait sa connaissance, je me suis rendu compte que je m'étais trompé de grand-mère. En fait, Charlotte ressemble à la grand-mère Adélie de Grand-Pierre, celle de l'enterrement avec les Indiens au fond de l'église qu'il m'a raconté un jour. Quand je m'en suis rendu compte, ça m'a un peu glacé. Évidemment, je ne l'ai jamais vue en vrai, la grand-mère Adélie, mais je me souviens quand même très bien de son allure. Grande, avec un beau regard clair comme un glacier et des cheveux blancs comme la neige.

C'est pour croiser Charlotte que j'ai commencé à descendre dans le parc. J'ai cru qu'elle ne m'avait pas remarqué. Elle passait devant moi comme si je n'existais pas pour aller voir ses fleurs ou ses arbres. Ça m'intimidait beaucoup. Je me suis dit que c'était normal, il faut du temps pour faire connaissance. J'ai attendu le bon moment, et puis je me suis lancé. J'ai fait le tour des fleurs avec elle. Un matin, deux matins, tous les matins. J'ai bien écouté ce qu'elle ne disait pas, pour être certain de ne pas la déranger. Je n'ai rien entendu, je me suis dit que ça voulait dire que je pouvais continuer. Et le jour où elle m'a enfin regardé, juste un instant mais droit dans les yeux, devant les azalées, j'ai su que c'était gagné. C'est depuis ce jour-là qu'on a rendez-vous tous les matins, avant le déjeuner, pour inspecter le jardin et voir comment les fleurs ont poussé. De temps en temps on se regarde et on se sourit. Ça nous suffit.

Je ne me rappelle plus quand j'ai trouvé la caisse-cachée. J'étais tout petit : c'était dans le premier appartement, avant le déménagement. Ma mère n'a jamais su que je savais. Elle lui servait de table de nuit, avec un foulard en soie violet foncé, rouge cerise et une jolie petite touche d'orangé, posé dessus comme si c'était un meuble. J'avais bien vu, moi, que c'était une caisse, et je me suis demandé souvent ce qu'il y avait dedans, mais je n'avais pas la moindre idée de comment et surtout de quand l'ouvrir sans que personne ne me voie faire. Et puis quand on a déménagé, tout a été chamboulé. Emma est née, et j'ai oublié la caisse-cachée. Jusqu'au jour où, pour changer un peu de sous l'escalier, je me suis re-glissé entre le mur et la commode où on rangeait les photos pour voir si ça faisait toujours une bonne cachette. J'ai eu du mal à passer, parce que j'avais beaucoup grandi. Mais aussi parce qu'une pile de vieux trucs gênait le passage. C'est comme ça que je l'ai retrouvée, la caisse-cachée. Comme dans leur nouvelle chambre, ils avaient des nouvelles tables de nuit, ils l'avaient posée là, au milieu de tout un bazar. Je l'ai reconnue tout de suite, évidemment. Et je me suis dit qu'il était temps de savoir ce qu'il y avait dedans.

C'était un mercredi juste avant l'anniversaire d'Emma. Pour ses cinq ans, elle avait invité cinq enfants et avec Mouna, la veille au soir, pendant que ma sœur prenait son bain avec ma mère, nous avions préparé cinq petits gâteaux d'anniversaire, un noir au chocolat, un jaune à la vanille, un rose à la fraise, un bleu aux myrtilles et un vert à la pistache. Ça sentait bon dans toute la maison. Ce jour-là, ma mère était vraiment triste et j'ai bien vu que Mouna faisait tout pour lui changer les idées, mais elle n'y arrivait pas. À un moment, Grand-Pierre a appelé. Ma mère a discuté assez longtemps avec lui avant de raccrocher en criant, avec sa grosse voix enragée, la même que quand elle est en colère contre moi : « Mais puisque je te dis que je ne veux pas lui parler. Elle sait très bien pourquoi, n'insiste pas, papa. »

Ma mère avait de plus en plus de mal à parler à sa mère, et je me demandais bien pourquoi. Quand j'ai posé la question à Mouna elle a répondu : « Tu sais mon chéri, c'est compliqué, les histoires, dans les familles… » Quelles histoires ? Mystère. Je m'étais dit que la prochaine fois que je me retrouverais seul avec Grand-Pierre, j'essaierais de percer le secret. Je commençais à avoir vraiment besoin de comprendre ce qui se passait dans la tête de ma mère pour qu'elle soit tellement triste, ou fâchée.

Elle était de plus en plus souvent en colère, ma mère. Surtout contre moi.

Cette nuit-là, je m'en souviens très bien, dehors, la lune était énorme et l'appartement était rempli d'une lumière magnifique, moitié bleue et moitié blanche. Une belle lumière de lune, comme celle qui éclairait le parc du château la nuit dernière, on y voyait clair comme en plein jour et les arbres avaient l'air d'être des fantômes. J'ai découvert que Charlotte aime beaucoup la pleine lune. Depuis ma chambre, je la vois ouvrir sa porte-fenêtre et s'asseoir sur le fauteuil de la terrasse, dans sa longue chemise de nuit blanche, pour parler aux esprits de la nuit. J'adore quand elle fait ça, on dirait une elfe au milieu de la forêt enchantée.

Donc, cette nuit-là, tout le monde dormait dans la maison. J'ai descendu l'escalier en faisant bien attention de ne pas les réveiller. Enlevé tous les journaux et tous les livres qui recouvraient la caisse-cachée, sans faire de bruit. Soulevé le couvercle, il n'était même pas fermé à clé. Et là, j'ai découvert le trésor de ma mère. J'ai été horriblement déçu : c'était encore des cahiers. Au moins dix ou douze, je ne sais plus. Beaucoup, en tout cas. Presque les mêmes que tous les autres, mais pas tout à fait. Ceux-là étaient de très belle qualité, tous assortis. Une sorte de gamme complète, rangée dans l'ordre des couleurs de l'arc-en-ciel, de jaune canari à violet profond.

J'ai pris un bleu indigo, au milieu de la série, en faisant bien attention de repérer sa place pour pouvoir le remettre sans que personne ne se rende compte que je l'avais touché. J'ai reconnu tout de suite les dessins de ma mère, je reconnaîtrais son style entre mille. Le cahier était rempli d'une bande dessinée en noir et blanc. Enfin, surtout en noir, en vérité, comme s'il faisait nuit aussi dans l'histoire. Nuit noire. J'ai choisi une page au hasard et j'ai commencé à lire le cahier indigo, dans la lumière bleue de la lune blanche, près de la fenêtre du salon. C'était l'histoire d'une petite fille très malheureuse parce qu'une affreuse sorcière était méchante avec elle. Alors, pour lui échapper, elle se cachait. Dans les pages de ce cahier, elle était cachée dans un grenier qui ressemblait pas mal au grenier de Grand-Pierre et grand-mère Violette à Montréal. J'ai reconnu tout de suite l'œil-de-bœuf du troisième étage, à travers lequel il neigeait à gros flocons, comme tous les hivers là-bas. Et aussi, dans la rue, les fils électriques enchevêtrés, qui croulaient sous le poids de la neige. Mais bon, il m'a semblé que ça n'avait pas tellement d'importance. Je me suis dit que ma mère avait dû dessiner ce grenier parce que c'était celui qu'elle connaissait le mieux, c'était le grenier de son enfance. Ce qui comptait surtout, dans l'histoire, c'était la petite fille cachée et la sorcière qui voulait l'attraper. Et l'atmosphère très sombre dans laquelle ça se passait. Je ne sais pas comment elle s'y est prise, ma mère, mais en regardant ces dessins, on avait peur pour cette gamine. Vraiment peur.

À ce moment-là, Emma a toussé dans sa chambre et j'ai eu peur, moi, qu'ils se réveillent et qu'ils me trouvent en train de farfouiller dans la caisse-cachée, alors j'ai tout remis en place et je suis vite remonté me coucher. Je me suis dit qu'il faudrait que je regarde plus en détail, un jour où j'aurais bien le temps. J'avais très envie de savoir comment se finissait l'histoire du cahier indigo et de mettre mon nez dans le reste de la collection. En attendant, j'avais quand même compris pourquoi ma mère planquait ses cahiers, elle qui laissait toujours tout traîner partout. C'est parce qu'ils étaient beaucoup trop effrayants.

J'ai eu beaucoup de mal à m'endormir. J'étais triste comme la petite fille du grenier, et en colère contre la sorcière.

Je sais, je ne parle pas beaucoup de mon père. Ce n'est pas parce que je ne l'aime pas, c'est parce que je ne le connais pas. Mon père est un voyageur, le plus souvent parti ailleurs. Il nous aime beaucoup, ma mère surtout. Emma et moi, on a toujours su qu'il pensait que c'était elle, l'enfant, pas nous. Ça n'a pas changé depuis que je suis petit : il la regarde avec une grande douceur dans les yeux et on a l'impression qu'il veut la prendre dans ses bras. Depuis toujours. Et même maintenant qu'ils sont beaucoup plus vieux, je suis sûr qu'il continue.

Il la regardait tellement que je crois que la plupart du temps, il ne nous voyait même pas.

Quand par hasard il était là et qu'elle était ailleurs – mais ça n'arrivait presque jamais, à chaque fois qu'il était là, elle était là aussi –, c'est comme s'il découvrait que nous existions, et nous refaisions connaissance. En général, ça se passait très bien. Mon père est un homme avec qui tout le monde aime bien faire connaissance. Il est beau, il est fort, il a un grand sourire sympathique et une belle voix grave et suave. Et puis il a les yeux de sa mère. Très verts, très clairs, un peu délavés. Les yeux de Mouna. Comme Emma.

Moi, je ne sais pas ce que j'ai de mon père. Je suis grand comme lui, et blond comme lui, mais j'ai les yeux gris-bleu de ma mère. Et des traits de caractère qui lui ressembleraient, je ne vois pas. Il faut dire qu'on n'a jamais rien fait ensemble, comme font les autres pères avec leurs fils, du genre jouer au ballon, partir camper, aller voir des expositions. Je crois que ça ne l'intéresse pas. Ou alors, il croit que ça ne m'intéresse pas. J'aime pas trop, moi, jouer au ballon, mais je pense qu'avec mon père j'aurais bien aimé quand même.

Je sais que c'est bizarre, mais on peut dire qu'avec mon père, on est presque des inconnus. Je ne sais pratiquement rien de lui. À part qu'en plus d'aimer ma mère, il aime sa mère et moi aussi, j'aime sa mère. Je crois bien que Mouna, c'est la personne que j'aime le plus au monde. Après Emma, bien sûr. Et avec Grand-Pierre, évidemment.

Je sais bien que je devrais raconter tous ces souvenirs à Victor, mais pour l'instant je n'y arrive pas. J'ai confiance en lui, pourtant, c'est un bon médecin. Si je ne l'avais pas rencontré, je serais sûrement toujours congelé quelque part, sans qu'il ne se passe plus rien. Lui, quand je suis arrivé ici, il m'a pris en main. Et surtout, il m'explique tout ce qui me concerne, même si je ne réponds pas. Il voit bien que je l'écoute quand même, et il doit savoir que si je ne dis rien, c'est que c'est trop tôt pour moi. Il a décidé de diminuer progressivement les doses de mon traitement et il a eu raison : c'est sûrement aussi grâce à ça que j'ai de moins en moins froid et que les mots me reviennent petit à petit même si pour le moment, je n'arrive pas à les faire passer dans ma voix. Il dit que c'est pas grave, qu'on a le temps. Bien sûr qu'on a le temps : c'est fait pour ça, ici. Pour prendre le temps que tout reprenne sa place, tranquillement.

En attendant, j'ai commencé à parler à Charlotte, en silence. Je crois qu'elle aime bien. Je lui raconte les choses, au fur et à mesure qu'elles me reviennent et de temps en temps, elle fait un petit sourire, ou elle ferme les yeux pour me dire qu'elle voit de quoi je parle. Les autres nous regardent un peu bizarrement. Ils ont du mal à comprendre ce qu'on peut faire tous les deux, un jeune homme et une vieille dame, assis sur un des bancs du parc ou sur les fauteuils de sa terrasse, sans bouger, pendant des heures. Ils ne savent pas que je lui parle, puisque mes lèvres ne bougent pas. Et ils ne savent pas non plus qu'elle m'écoute. On s'en fout des autres, ça ne les regarde pas.

J'espère seulement que tout ce que je raconte à Charlotte ne la perturbe pas trop. Je crois que non. Je pense que si ça la dérangeait, je le sentirais, et puis elle me le ferait savoir. On ne serait pas si bien, tous les deux.

Elle, elle ne dit rien. Même sans la voix. Parfois, j'ai l'impression que c'est comme si elle avait abandonné. Je ne sais pas depuis combien de temps elle est au château, mais ça doit faire une éternité. Les autres aussi, ils ont l'air d'être là depuis longtemps. Depuis toujours, même, pour certains. C'est quand même bizarre de passer toute une vie ici. J'espère que ça ne m'arrivera pas.

C'est long, toute une vie.

Les choses sont allées de plus en plus mal après l'anniversaire des cinq ans d'Emma. Enfin, c'est surtout ma mère qui allait de plus en plus mal mais ils ont préféré penser que c'était moi. Que ce n'était pas normal à dix ans passés de se cacher comme ça et de se taire pendant des heures et des jours. Et de n'avoir aucun copain à l'école, de ne pas répondre à la maîtresse, de rester tout seul dans un coin de la cour à la récréation, et de ne parler qu'avec ma petite sœur.

Je ne parlais pas qu'avec Emma. Je parlais aussi avec Mouna. Et avec Grand-Pierre, quand il était là.

Je parlais avec eux parce qu'ils étaient les seuls à ne pas essayer de me faire parler. Ça me bloque, moi, quand je sens qu'on attend que je parle. Parce que je ne suis pas sûr de ce qu'on attend que je dise. Alors en général, je préférais me taire. Et me glisser le long du fil-de-frère pour envoyer des couleurs et des mots à Emma, qui n'attend rien de spécial, ce qui nous permet du coup d'aborder toute sorte de sujets. Ou avec Mouna qui dit « mon chéri mon chéri » et même parfois « mon lapin ». Tout est si doux chez elle, même quand elle se fâche ! Ou avec Grand-Pierre qui a toujours plein d'histoires à raconter.

Ce que j'aime avec lui, c'est qu'il n'a jamais l'air d'être vraiment sûr. Grand-Pierre, il se pose toujours des questions, comme moi. Et il se demande vraiment les choses, sans faire semblant comme font souvent les gens qui posent des questions en ayant déjà la réponse. Grand-Pierre, lui, il ne sait pas. Et quand il sait, il est prêt à admettre que si ça se trouve, ça n'est pas tout à fait vrai ce qu'il sait. J'ai toujours trouvé ça très rassurant.

Parler avec Charlotte aussi, c'est très rassurant. Je me sens libre de dire tout ce que je pense. Même ce qui pourrait paraître absurde à la plupart des gens. Même ce que je ne dirais pas à Victor. Charlotte, elle est comme Emma : elle sait très bien qu'on peut se parler sans la bouche, et que ce n'est pas parce que les choses sont inexplicables qu'elles n'existent pas.

J'aimais bien discuter avec Mouna et Grand-Pierre aussi parce qu'elle me parlait de mon père, et lui de ma mère. Et même si je n'avais pas très envie d'en savoir beaucoup sur mes parents, c'est quand même agréable d'apprendre des choses sur son père et sa mère. Surtout de quand ils étaient petits. C'est toujours très particulier d'imaginer que les parents ont été des enfants.

Ma mère est née à Montréal et Grand-Pierre dit que quand elle était une enfant, elle était coquine et drôle comme Emma. D'ailleurs, il dit qu'Emma lui ressemble beaucoup, à part les yeux. Et qu'elle a dessiné très tôt, presque même avant de parler. Au cours d'un de mes voyages là-bas, j'avais trouvé, dans le grenier de la maison de Montréal, une valise remplie de ses dessins de toutes les couleurs, très beaux, très gais. Ça m'avait beaucoup étonné, parce que les dessins de ma mère que je connais, même quand ils sont très colorés, ne sont jamais très gais. Quand j'étais petit, je pensais qu'elle nettoyait mal ses pinceaux, comme quand je faisais de la gouache : même si on choisit un jaune citron ou un bleu électrique, ils deviennent tristes et ternes à cause du noir qui est resté dans les poils.

Grand-Pierre m'a montré l'école de ma mère. C'est dans cette école qu'il est allé lui aussi. Et c'est même là qu'il a rencontré Violette, l'année où elle est arrivée de France. Ils jouaient dans la même cour de récréation, c'est comme ça qu'ils se sont connus.

– On s'est rencontrés et depuis, on ne s'est plus jamais quittés.

– Vous étiez déjà amoureux à l'école ?

– Dès que je l'ai vue, je suis tombé en amour... Comme si un fil nous reliait, tu vois ?

Et comment que je voyais, mais je ne lui ai rien dit du fil-de-frère, même s'il aurait compris, peut-être.

Les fils-de-frère, ce sont des choses qui ne se racontent pas. Sauf à Charlotte, bien sûr. Mais Charlotte, c'est pas pareil.

Depuis ce moment, je me demande si un fil d'amoureux, c'est la même chose qu'un fil-de-frère. Je n'ai toujours pas la réponse. Ça doit être de la même famille, au moins.

C'est Grand-Pierre qui m'a appris que ma grand-mère Violette n'était pas née à Montréal comme je le croyais, mais à Paris. J'ai mieux compris pourquoi elle n'avait pas tout à fait le même accent que les autres gens de Montréal, un peu comme ma mère. Elles parlent à moitié comme là-bas, à moitié comme ici. C'est joli…

Au fond de la valise des dessins de ma mère rangée dans le grenier, il y avait des photos en noir et blanc un peu passées. J'ai reconnu la maison, et la rue, et l'école. Je n'ai pas reconnu Violette. Heureusement son nom était écrit derrière la photo : *Violette, Montréal, janvier 1947*. Elle était très maigre, minuscule, emmitouflée dans son gros manteau d'hiver. Mais surtout elle avait l'air triste, triste, triste. Triste comme ma mère.

Mon père, je ne sais pas où il est né. Je pense que c'est à Paris mais je ne suis pas sûr. Quand je parlais à Mouna de mon père bébé, elle se débrouillait toujours pour embrayer sur l'école maternelle où il s'était cassé le bras en tombant d'un toboggan, et la jolie petite île bretonne où ils passaient les vacances, et où il n'y avait qu'à se baisser pour ramasser les crevettes et les coques. Il adorait déjà les crevettes et les coques, et comme moi aussi, ça faisait au moins un point sur lequel on se ressemblait.

Mouna croyait que je ne me rendais pas compte qu'elle changeait de sujet quand j'abordais la question de mon père bébé. Je m'en rendais très bien compte. Mouna me parlait beaucoup, de tout. Sauf de trois choses : de mon père bébé, du père de mon père, et de ses parents à elle. Je savais seulement qu'ils étaient bretons, et que la petite maison dans l'île appartenait à la « tante Zélie ». Mais quelle tante Zélie, ça, mystère.

Tout le reste, je le savais : Mouna était pâtissière dans une « grande maison parisienne ». Pendant longtemps, j'ai cru que ça voulait dire qu'elle habitait une grande maison, à Paris, où elle fabriquait des gâteaux. Quand j'ai découvert que la « grande maison » était un magasin connu dans toute la ville, et même dans toute la France, et même dans certains pays étrangers, je me suis senti tout bête ! Enfin, assez impressionné aussi. C'était quand même une pâtisserie tellement réputée qu'on venait du Japon, d'Angleterre, d'Amérique pour acheter des gâteaux, des bonbons et des chocolats. Et c'était Mouna et ses collègues qui les fabriquaient. J'étais très fier, et je n'avais aucun mal à le croire : les gâteaux de Mouna, je les connais par cœur et ce sont les meilleurs du monde.

Mouna disait toujours que mon père était un bon élève et un garçon sans histoire. Tout mon contraire. J'imagine que lui, il n'a jamais eu besoin de passer des tests et de rencontrer des psys pour savoir ce qui clochait chez lui, puisque rien ne clochait chez lui. Je ne sais pas combien de fois j'ai entendu Mouna dire qu'il lui avait toujours fait honneur. Quand je répondais « et moi je ne te fais pas honneur, on dirait », elle me prenait dans ses bras pour me murmurer tendrement : « Toi ce n'est pas pareil mon chéri. Mais je suis très fière de toi aussi et je t'aime je t'aime je t'aime. » Elle m'aime elle m'aime elle m'aime, mais je ne lui fais pas honneur comme mon père qui était toujours premier de la classe, qui a eu son bac à seize ans avec la mention Très bien et qui a fait une grande école, avant de devenir financier. J'adorais ce métier à cause de l'autre financier, le gâteau aux amandes qui fond dans la bouche, un des premiers que Mouna m'a appris à fabriquer.

En fait, mon père travaillait dans les banques internationales. C'est pour ça qu'il voyageait beaucoup. Quelquefois, quand il allait au Canada, il m'emmenait avec lui et j'allais passer quelques jours chez Grand-Pierre et Violette, comme ça je pouvais les voir. C'était la seule solution : pour des raisons dont il n'était jamais question, ma mère ne voulait plus remettre les pieds là-bas, et ma grand-mère refusait de venir en France.

C'était une chance, que mon père travaille dans les banques internationales. Quand Mouna prononçait ces mots-là, on voyait dans ses yeux verts qu'elle était vraiment très fière de lui. Je me suis souvent demandé si un jour elle pourrait être aussi fière de moi. Mais je me doutais bien que non…

Ce matin, Victor a fait un truc bizarre. Très bizarre, même, je ne sais pas ce qui lui a pris. À la fin de notre rendez-vous – c'était le deuxième de la semaine, on se voit le mardi matin et le vendredi après-midi, et aujourd'hui, on est vendredi –, il a sorti quelque chose du tiroir de son bureau.

J'aime bien le bureau de Victor. La pièce, et le meuble aussi. J'aime bien aussi les mots qui veulent dire deux choses différentes, même si parfois, on peut s'y perdre. C'est comme une petite énigme à résoudre, il faut deviner ce que le mot veut dire, et ne pas se tromper entre ses différentes significations.

Le bureau-pièce de Victor se trouve au rez-de-chaussée du château, au bout d'un long couloir au carrelage noir et blanc, comme un damier, qui fait un peu mal aux yeux quand on le regarde avec trop de concentration. Si on est en avance au rendez-vous, on doit attendre dans un canapé installé contre le mur, devant une grande porte-fenêtre qui donne sur l'allée de petits cailloux blancs menant à l'entrée du château. Elle est bordée par des marronniers très vieux, je les ai déjà vus en fleur, c'est extraordinaire. Je n'ai jamais eu l'occasion d'observer personne emprunter cette allée, quand j'attends mon tour pour aller voir Victor. C'est très calme, ici, surtout l'après-midi. Mais je pense que c'est par là que je suis arrivé avec Emma, le jour de mon installation. Je ne sais pas pourquoi je ne m'en souviens plus, sauf du crissement des graviers sous mes chaussures, quand je suis descendu de la voiture. Peut-être qu'un jour, cette mémoire-là me reviendra ?

Dans le bureau-pièce de Victor aussi, il y a une grande porte-fenêtre, mais elle donne sur le parc. Son bureau-table est installé devant, ce qui fait que quand on est avec lui, on peut regarder les arbres dans son dos, c'est très pratique par exemple si on n'a pas envie de le regarder droit dans les yeux. Ça m'arrive assez souvent, et ça n'a pas l'air de le déranger. Je l'aime bien, Victor. Les murs de son bureau sont tout blancs, très modernes, mais le parquet est vieux comme le château, il craque et il sent bon, on a l'impression d'être dans une vraie maison. C'est mieux, pour se sentir en sécurité et lui parler. Même si moi, je n'y arrive toujours pas, je sais que quand ça sera le moment, le bureau de Victor sera un bon endroit pour tout lui raconter.

C'est peut-être parce qu'il en a assez que je ne dise rien que Victor a fait ce truc bizarre qui m'a mis dans tous mes états. Il faut dire, ça fait un moment que je viens à nos rendez-vous et qu'aucun mot ne sort. Il dit que ce n'est pas grave, que je peux prendre mon temps, mais si ça se trouve, il en a ras le bol que je me taise depuis des lustres ? En tout cas, quand il a sorti du tiroir de son beau bureau en bois blond, presque blanc, un petit sac en papier kraft qu'il a tendu vers moi en disant : « J'ai pensé que ça vous serait utile d'avoir un cahier et des crayons, pour écrire ou dessiner des choses qui vous reviendraient », j'ai senti comme un ouragan me ravager de la tête aux pieds.

Je me suis mis à grelotter. Victor s'en est rendu compte, il m'a demandé : « Ça va ? » Il a bien vu que non, alors il s'est levé, il a fait le tour de son bureau pour venir s'asseoir dans le fauteuil à côté du mien. Il a posé sa main sur mon épaule, sans rien dire, et j'ai senti qu'elle était chaude. J'ai essayé d'attraper sa chaleur pour la diffuser partout dans mon corps mais ça n'a pas marché. J'avais froid, froid, froid comme en arrivant ici.

Il a dit très tranquillement, en attrapant le sachet en papier kraft : « Ça n'est pas grave, Max. C'était sans doute une mauvaise idée. Je vais garder le cahier et les crayons, et si vous les voulez, vous me les demanderez. »

En sortant de son bureau, j'ai filé dans ma chambre pour me cacher dans le bleu outremer réconfortant et pour laisser partir l'ouragan qui me secouait à l'intérieur.

Il m'a fallu du temps pour me calmer, et commencer à avoir un peu moins froid. Je suis resté sous ma couverture jusqu'à l'heure du dîner. Tout ça pour un cahier, franchement. Et encore, un cahier même pas sorti de sa pochette.

Donc, l'année des cinq ans d'Emma, tout a commencé à vraiment se déglinguer dans la famille. Mon père a même demandé un changement de poste pour reprendre les choses en main. À l'époque, j'ai essayé d'imaginer ce que ça voulait dire, « changement de poste », mais j'ai abandonné. Parfois, ce que disent les grandes personnes est aussi incompréhensible qu'une langue étrangère. Surtout quand ils parlent de leur travail. Après on grandit, et on apprend. Moi par exemple, je connais plein de mots de pâtisserie que personne ne comprend à part ceux du métier, comme abricoter, ou fraiser, videler, fleurer, praliner, chiqueter, foisonner, meringuer, rioler. J'ai cherché aussi des mots pour les couleurs, parce que j'adore les couleurs et comme c'est le métier de ma mère, ça m'a intéressé. Mes préférées c'est bleu céleste, rouge garance, gris perle, vert opalin, jaune topaze, rose poudré et surtout zinzolin, à cheval entre rouge et violet.

Bon, mon père a eu son changement de poste et il a beaucoup moins voyagé, il est rentré plus souvent à la maison pour reprendre les choses en main et il n'a rien repris du tout. Tout lui a échappé. Pour être exact, il faudrait dire que tout nous a échappé, à tous. Ma mère était de plus en plus triste et ouvrait de moins en moins ses cahiers. Parfois même, elle passait plusieurs jours sans entrer dans son atelier. Quand ils en parlaient, le soir, une fois qu'on était montés dans nos chambres, c'était toujours la même chose :

– Je ne comprends pas ma douce, tu as tellement de talent. Dessine, peins, fais quelque chose !

– J'essaie mais je n'y arrive pas…

– Comment c'est possible, toi qui avais des idées, des envies, des projets tous plus fous les uns que les autres ? Qu'est-ce qui t'est arrivé ? Qu'est-ce qui ne va pas ?

– Je ne sais pas mon amour. Je suis plombée, plombée…

– C'est Max qui te met dans cet état-là ?

– À moins que ce soit moi qui l'aie mis dans cet état-là.

– Ne raconte pas n'importe quoi. Tu es une mère parfaite.

– Quand je me mets en colère, je dis des choses terribles et je lui fais peur, ça se voit dans ses yeux.

J'ai cru qu'elle allait lui raconter la fois où elle m'a trouvé dans la cachette sous l'escalier parce que j'avais éternué. Elle a hurlé si fort en me tirant par les cheveux qu'une poignée lui est restée dans les mains. Ça m'a fait super mal, mais j'ai surtout cru que j'allais mourir de peur, ou de chagrin. Et la fois où je me suis retrouvé dans le noir, après qu'elle m'eut attrapé par le bras pour m'enfermer dans le placard de son atelier. J'ai gardé la trace de ses doigts, cinq bleus bien ronds qui ont viré au violet, et puis vert, et puis jaune, avant de disparaître au moins deux semaines plus tard. Et toutes les autres fois horribles dont je préfère ne pas parler et ne même pas me souvenir. Surtout ce jour où elle a failli me tuer.

J'ai cru qu'elle allait tout lui raconter, ce soir-là. Mon cœur s'est mis à battre à toute allure. Je ne savais pas si j'avais envie qu'elle avoue tout ou qu'elle se taise, mais je sentais bien que c'était un moment très délicat.

Finalement, elle s'est tue.

– Il sait que tu l'aimes et que tu ne penses pas ce que tu dis dans ces moments-là.

– Je ne sais pas. Il ne dit jamais rien. Et quand je lui demande pardon, il me regarde comme s'il ne me voyait pas.

– Pardon de quoi ? Il te voit. Et il t'aime.

– Comment tu peux savoir ça, tu n'es jamais là.

– Si, maintenant je suis là et je vois bien que le problème de Max ne vient pas de toi.

– Il vient de qui, alors ?

– Je ne sais pas. On va voir ce que disent les spécialistes. Viens te coucher, ma douce. Viens dans mes bras...

Je ne sais pas ce qu'ont dit les spécialistes, ils ne m'ont pas tenu informé. J'ai passé des tests à n'en plus finir, des taches à décrypter et des cases à remplir, des devinettes à deviner, des objets à mémoriser. Ils m'ont fait jouer avec des Lego, des petites voitures, des Playmobil en m'observant à travers une vitre, comme si je ne les voyais pas. Ils ont essayé d'avoir de longues conversations avec moi à propos de mon père, de ma mère, ou d'Emma. Je sais, j'aurais peut-être dû, mais je n'ai rien dit du tout.

Ils voulaient savoir pourquoi je me cachais, comme ça, tout le temps, et pourquoi je me taisais. Ils cherchaient des choses très compliquées alors que tout était si simple. Je me cachais parce qu'ils faisaient trop de bruit. Et je me taisais parce que je ne savais pas quoi dire et que dans ce cas, je préfère ne pas dire n'importe quoi. Et aussi pour ne pas faire de mal et ne pas avoir mal. Parce que quelquefois, quand on dit certaines choses, ça peut être très grave et ça peut faire de très grandes douleurs.

Emma savait tout ça, mais on n'en parlait jamais. On jouait. On riait. On inventait des histoires sans queue ni tête, ou alors avec une queue de dragon et une tête de poisson, une queue de cheval et une tête de mort, une queue de pie et une tête à claques. On mélangeait les mots pour créer une autre langue. On se faisait des petits signes discrets, avec un bout de doigt ou un tout petit regard de rien du tout et ça nous faisait pleurer de rire parce qu'on était les seuls à comprendre. Le fil-de-frère crépitait de toutes les couleurs comme un fil électrique dans les dessins animés, avec plein d'étincelles tout le long et de temps en temps une drôle d'explosion, exactement comme dans la chanson *Comic Strip* : *Chebam, poum, wiiizzz.*

Emma et moi, c'était la joie. Rose et blonde, comme la première fois. La joie très belle que rien ne peut empêcher. Ma mère disait : « Mais qu'est-ce qui vous arrive, à tous les deux ? » et Mouna disait : « Vous êtes vraiment des polissons. C'est insensé de se mettre dans des états pareils. » Mais dans le fond de son regard, ses yeux riaient. Ceux de mon père aussi même si parfois il prenait sa grosse voix pour gronder : « Ça suffit ce chahut, maintenant on se calme. »

Dans le fond, personne n'avait vraiment envie qu'on se calme, parce que la joie très belle ça fait du bien à tout le monde, même à ceux qui ne rient pas.

Un jour pendant l'été, avant que mon père soit en congés et qu'on puisse partir en vacances, je me suis retrouvé tout seul à la maison. C'était la première fois de ma vie, à treize ans ! Ils me trouvaient tellement inquiétant qu'ils ne m'avaient jamais laissé seul, avant. Je ne comprends toujours pas pourquoi. J'étais peut-être un gamin bizarre, mais je n'ai jamais rien fait de dangereux. Je restais souvent tranquillement dans ma chambre, je lisais des poèmes et des trucs d'histoire – j'adore l'histoire – ou bien je feuilletais les livres de cuisine de Mouna, ou je bricolais des nuanciers entièrement fabriqués à la main. Depuis ce jour horrible où j'avais compris que je ne pourrais plus jamais dessiner, pour des raisons dont je ne veux pas du tout parler, je m'étais concentré sur les couleurs. J'avais décidé d'être le premier être humain à fabriquer un nuancier absolument complet, dans lequel toutes les couleurs du monde entier figureraient, sans exception. Il m'a fallu des années pour comprendre que le nombre des couleurs est infini, et que mon projet était irréalisable…

Ils savaient très bien que je pouvais passer des heures tout seul, sans faire de bêtises et sans rien demander à personne. Mais quelque chose les empêchait de me faire confiance. Sauf que là, ma mère devait accompagner Emma à son stage de danse. Mouna était invitée chez son amie Blanche qu'elle n'avait pas vue depuis une éternité. Ça lui faisait très plaisir d'y aller mais ils se demandaient tous qui allait me garder. Finalement, ils ont décidé que je pouvais me garder tout seul, parce que c'était juste pendant une heure ou deux. Je savais que ça serait plutôt deux ou trois, parce que c'était quand même assez loin, le stage de danse d'Emma, mais ça m'arrangeait bien. Deux heures, c'était le minimum dont j'avais besoin.

J'ai attendu d'être sûr qu'elles soient en bas, dans la rue, et qu'elles n'aient rien oublié. Et puis je suis allé récupérer la caisse-cachée pour voir si je trouvais à l'intérieur pourquoi ma mère allait de plus en plus mal. Cette fois-ci, j'ai attaqué la collection depuis le début, j'ai commencé par le cahier jaune canari, sur la couverture duquel était calligraphié un beau *1*. En dessous, elle avait écrit le titre : *Sorcière*. C'étaient aussi des dessins à l'encre noire, mais beaucoup moins noirs que dans le cahier indigo. J'ai reconnu la maison de Montréal et les rues du quartier de Grand-Pierre et grand-mère Violette. J'ai retrouvé la même petite fille sans nom qui vivait là, sans qu'il ne se passe rien. Elle allait à l'école, elle préparait un pique-nique avec sa mère qui l'aidait à faire des sandwichs, tout allait très bien. Le soir, son père rentrait, prenait sa petite fille dans ses bras et la faisait sauter en l'air et tout le monde riait comme dans une famille normale. Le lendemain, elle avait dessiné toute la journée de balade en forêt, avec d'autres enfants, une traversée en canot, des jeux par équipe. Un pique-nique, quoi. Et puis le soir arrivait, la petite fille rentrait chez elle, dînait avec ses parents. Elle montait se coucher, son père venait la border dans son lit et lui souhaiter bonne nuit.

C'est dans les dernières pages, quand il éteignait la lumière et refermait la porte que tout commençait. Comme une sorte de nuage ou de fantôme qui descendait du grenier et entrait dans la chambre de la petite fille pour la terroriser, tourner autour de sa tête et finalement entrer dans son crâne comme une fumée. On voyait dans ses yeux que c'était atroce et qu'elle ne savait pas quoi faire, elle ne pouvait même pas appeler ses parents alors elle se cachait sous ses draps mais ça ne servait à rien : la fumée-sorcière envahissait l'intérieur de sa tête. C'est là-dessus que se terminait le cahier jaune canari.

Celui d'après était orange. La petite fille avait un peu grandi, mais on la reconnaissait bien. Elle était à l'école avec ses amis, ils jouaient au hockey sur glace, ils mangeaient des hot-dogs et buvaient du Coca dans des bouteilles d'autrefois, et puis elle rentrait chez elle. Tout d'un coup la fumée-sorcière descendait par l'escalier et recommençait à l'attaquer pour essayer d'entrer dans son crâne. Comme elle était plus grande, elle ne se laissait pas faire, elle courait dans la maison, elle claquait les portes, elle se cachait même sous l'escalier qui monte au grenier, dans la cachette toute noire que j'aimais bien avec seulement un minuscule rai de lumière qui passe sous la porte. La fumée-sorcière voulait s'emparer d'elle. La petite fille sortait de sous l'escalier et réussissait à descendre dans l'entrée, à ouvrir la porte et à s'enfuir dans la rue. La fumée-sorcière n'arrivait pas à la suivre mais une bulle sortait de sa bouche et disait : *Rentre à la maison immédiatement*, avec des lettres très menaçantes.

C'étaient seulement des dessins mais c'était quand même très effrayant. Et même si j'avais bien conscience que les dessins, ce n'est pas la réalité, dans ces cahiers, j'avais l'impression que c'était quand même un peu la réalité. Je savais, moi, que la fumée-sorcière existait vraiment, et je sentais qu'elle commençait aussi à essayer d'entrer à l'intérieur de moi. Je me suis dit que c'était peut-être pour ça que ma mère les avait cachés dans la caisse. Alors j'ai vite refermé le cahier orange, et j'ai décidé que ça suffisait pour le moment, que c'était trop dangereux ces histoires de cahiers et que la meilleure solution était de tout remettre à sa place, sans rien dire à personne, et d'oublier qu'ils existaient.

C'est exactement ce que j'ai fait. J'ai glissé le cahier orange entre le jaune et le rouge, j'ai refermé la caisse et je l'ai recouverte des livres et des journaux qui la cachaient. Et puis j'ai essayé d'oublier qu'ils existaient.

Sauf que je n'y suis jamais arrivé.

Cet après-midi-là, quand Emma est revenue de la danse, j'ai tout de suite vu dans ses yeux que la fumée-sorcière était passée par le fil-de-frère. Je ne voulais surtout pas que ça arrive, mais je n'ai rien pu faire pour l'empêcher. Elle n'avait pas l'air d'être tellement affolée, plutôt étonnée et curieuse. Elle était toute rose avec son petit chignon, les bouclettes blondes qui sortaient du filet, et son tutu qu'elle gardait toujours jusqu'à l'heure du bain pour continuer de danser partout dans la maison.

– Tout s'est bien passé mon grand Max ? Tu t'es débrouillé, tout seul ?

J'ai regardé ma mère en essayant de vider mes yeux de tout ce qu'elle aurait pu trouver bizarre.

– Max, je te parle. Est-ce que tu pourrais essayer de me répondre, une fois de temps en temps ?

Qu'est-ce qu'elle voulait que je lui réponde ? « Non, tout ne s'est pas bien passé, parce que je me suis débrouillé tout seul pour trouver les cahiers de la sorcière et ce serait plus simple si tu nous racontais mais on ne peut pas t'obliger sauf que maintenant je n'arrive pas à oublier et que la fumée-sorcière est passée par le fil-de-frère » ? Je me suis dit que ça n'était pas ce qu'elle voulait entendre. Autrement elle n'aurait pas caché la caisse et elle ne se cacherait pas de plus en plus souvent pour pleurer. Mais comme elle avait l'air vraiment triste, et affreusement inquiète de m'avoir laissé tout seul à la maison, j'ai fait un gros effort pour lui dire quelques mots, du genre :

– Oui oui, tout s'est très bien passé.

Je me souviens qu'elles m'ont regardé toutes les deux comme si je venais d'accomplir un exploit. Ma mère s'est approchée de moi et a mis sa main sur ma tête. Je n'ai pas reculé. J'ai senti sa paume chaude et ses doigts posés sur mes cheveux, et l'amour a commencé à glisser le long de mon crâne en me réchauffant à l'intérieur, comme quand Emma se collait contre moi pour me faire un câlin et que je sentais que toutes les jolies choses d'elle rentraient en moi pour me faire du bien. Je n'ai pas bougé. Elle n'a pas bougé. Emma non plus. Et puis elle a dit très bas avec une voix très douce qui tremblait un peu :

– Ça me fait tellement plaisir quand tu me réponds, mon fils…

Ses yeux gris ont perdu tout leur bleu et sont devenus presque transparents, je ne savais plus s'ils étaient tristes ou joyeux. Comme je ne savais pas non plus trop quoi faire j'ai baissé les miens pour la laisser tranquille. Sa main a glissé sur ma joue très lentement et puis elle s'est retournée vers Emma et elle a dit :

– Bon, ça ne serait pas l'heure du bain par hasard ?

Et hop, la vie a repris son cours, ma mère est allée faire couler le bain d'Emma pendant qu'Emma cherchait son pyjama et ses pantoufles – elle ne savait jamais où étaient ses pantoufles – et à ce moment-là, Mouna est arrivée toute joyeuse et tout excitée :

– Coucou mes chéris j'espère que vous avez passé une bonne journée, la mienne a été ex-tra-or-di-naire, il faut que je vous raconte c'était tellement drôle de retrouver Blanche et de se souvenir de toutes nos histoires d'autrefois, ça m'a fait un bien fou ! Ça va mon chéri, tu t'en es sorti ? Et toi ma beauté tu as bien dansé ? Vous allez me raconter ça pendant le dîner. Qu'est-ce que vous voulez manger ?

C'est juste un peu après que le téléphone a sonné. Ma mère était dans la salle de bains avec Emma, elle a crié :

– Mouna vous répondez ?

Mais Mouna s'était lancée dans une tarte cantal-moutarde-tomates, de la farine jusqu'aux coudes, elle s'est tournée vers moi en attrapant un torchon pour s'essuyer.

– Décroche mon lapin s'il te plaît, autrement ça va raccrocher.

Je ne répondais jamais au téléphone mais j'ai quand même décroché pour rendre service à Mouna. C'était Grand-Pierre, avec une voix très lointaine parce qu'il appelait de Montréal, mais j'ai tout de suite compris que quelque chose ne tournait pas rond. Du coup, j'ai fait un énorme effort pour lui demander si ça allait bien. Et là, j'ai bien entendu ce que je croyais avoir entendu : dans la voix de Grand-Pierre, au milieu de son accent, il y avait des sanglots. Il m'a dit :

– Non mon petit Max, ça ne va pas du tout. Ta grand-mère Violette est morte tantôt.

Je n'ai pas su quoi lui répondre.

Mouna a pris le téléphone avec ses mains blanches de farine et sa voix douce.

– Pierre ?

Au fur et à mesure que Grand-Pierre lui parlait, son visage est devenu de plus en plus gris.

– Oh, Pierre, je suis désolée. Comment est-ce arrivé ?

Et puis ses beaux yeux verts se sont remplis de larmes, elle a essuyé sa joue avec sa main et ça lui a fait une trace de farine en plein milieu de la figure. Elle a dit :

– Elle donne le bain à Emma. Je vais la prévenir et elle vous rappelle, c'est mieux. Je vous embrasse, Pierre. Bon courage.

Elle a raccroché et elle m'a serré contre elle, ma tête contre son ventre, et puis elle s'est penchée pour m'embrasser le sommet du crâne. Elle m'a dit à voix basse :

– Ne t'inquiète pas mon chéri. Ça va aller. Je vais aller prévenir ta maman et chercher Emma, je reviens.

J'avais envie de demander pourquoi grand-mère Violette était morte. Et qu'est-ce qui allait se passer maintenant. Et est-ce que Grand-Pierre et Mouna allaient mourir aussi. Et est-ce que ma mère serait encore fâchée contre sa mère maintenant qu'elle était morte. Toutes ces choses qu'on se demande quand on apprend une nouvelle pareille, mais ça n'était pas du tout le moment alors je suis allé me cacher sous l'escalier pour laisser toutes mes idées tourner en rond pendant que Mouna montait à la salle de bains. J'ai entendu un petit peu mais je ne voulais pas alors j'ai fermé mes écoutilles. J'entendais quand même au loin la voix de Mouna et les sanglots de ma mère et la porte de sa chambre couiner. Et la voix d'Emma qui posait des questions et le clic du téléphone du haut quand on le décroche. J'ai entendu la voix de ma mère remplie de larmes dire « Papa ? » et après c'était trop, j'ai arrêté d'entendre.

Je suis resté caché jusqu'à ce qu'Emma vienne se glisser contre moi. Elle avait encore les cheveux un peu humides et elle sentait son shampoing à la menthe et son savon à la fraise. Il faisait chaud parce que c'était l'été, mais elle avait quand même mis sa robe de chambre qui ressemblait à un petit nuage et pour une fois elle avait trouvé ses pantoufles. Elle n'a rien dit mais le fil-de-frère était très sombre et encombré de questions, les mêmes que je n'avais pas posées à Mouna un peu plus tôt. J'avais pu relier quelques idées, mais pas assez pour voir ce qui allait apparaître. Alors j'ai dit ce que j'ai pu, très bas pour que les autres n'entendent pas.

– C'est normal qu'ils meurent, les grands-parents, quand c'est la fin de leur vie.

– Mais Grand-Pierre et Mouna, ils vont mourir aussi ?

– Pas tout de suite.

– Tu es sûr ?

– Non.

– Et maman, il faut dire quoi pour la consoler ?

– Je ne sais pas.

– Tu crois que papa saura ? Mouna l'a appelé, il va vite rentrer.

– Je ne sais pas si quelqu'un sait comment la consoler. Grand-Pierre, peut-être...

– Grand-Pierre, il doit être trop triste pour consoler, en ce moment.

– Il va trouver. Grand-Pierre, il finit toujours par trouver.

À ce moment-là, Mouna a commencé à nous appeler et à nous chercher partout et comme ce n'était pas le soir de la faire tourner en bourrique on a décidé d'aller la rejoindre. J'ai envoyé plein de jolies couleurs le long du fil-de-frère pour que ma petite sœur n'ait pas trop peur de toutes ces questions et elle m'a répondu avec une grande bouffée de blond et de rose comme elle sait si bien faire. Dans la cuisine, ça sentait la tarte qui sort du four, comme si grand-mère Violette ne venait pas de mourir.

Ma mère est restée dans sa chambre mais après le dîner, avant d'aller se coucher, Emma et moi on a poussé la porte sans faire de bruit et on s'est glissés dans leur lit pour lui faire un câlin. Elle nous a serrés dans ses bras en pleurant et on n'a plus bougé, comme ça tous les trois, longtemps. On s'est même endormis. Quand mon père est rentré de voyage il était très tard dans la nuit. Il nous a portés dans nos lits, chacun notre tour. Quand j'ai ouvert les yeux, il a dit :

– T'en fais pas, mon Max. Tout ira bien.

Je me suis rendormi en pensant qu'il ne pouvait pas savoir si tout irait bien. Et que même, ça serait très étonnant.

Ça fait un moment que Victor me parle de l'atelier de Sophie. J'ai pas mal hésité et finalement, j'ai accepté d'y aller. Je me suis dit qu'après le coup du cahier dans le sac en papier kraft, je pouvais bien faire ça pour lui. Juste une fois, pour voir. Sophie, on dirait ma mère, mais brune et bien plus joyeuse. Elle a des longs cheveux qu'elle remonte en chignon avec un pinceau ou un crayon planté dedans pour qu'il tienne, et des habits toujours un peu bizarres, très colorés et même carrément bariolés. J'aime bien. Elle est très belle, je trouve. C'est une artiste peintre, elle vient au château deux après-midi par semaine pour animer un atelier d'art, dans la chapelle désaffectée au fond du parc. Je suis passé plusieurs fois devant, mais je n'ai jamais eu envie d'entrer. Ou alors, je n'ai pas osé, ce n'est pas très clair dans ma tête. Parce que moi, les ateliers…

En tout cas, j'ai eu le temps d'observer Sophie. Quand elle peint, elle ressemble à Emma quand elle danse. Ça fait du bien rien que de la regarder. Le problème, c'est que dans cette chapelle, il y a les autres. Et puis encore des cahiers, plein, comme dans l'atelier de ma mère. Et aussi des toiles pour peindre des tableaux, de la terre pour sculpter, du papier, du carton, de la pâte à modeler, du bois, des pierres et tout ce qu'on peut ramasser qu'on aurait envie de transformer en œuvre d'art. Sans compter la grande table du fond, recouverte de crayons, pastels, gouaches, tubes de peinture, feutres, bouteilles d'encre, pigments, et tout ce qui permet de dessiner ou de peindre.

En réalité, je ne voudrais pas toucher à tout ça, j'ai peur de déclencher un nouvel ouragan, ou bien de réveiller ma mère à l'intérieur de moi et qu'elle se remette à pleurer ou à hurler, alors je ne préfère pas. Je préfère ne plus jamais avoir affaire à elle que de la retrouver dans cet état-là.

J'ai fini par entrer quand même, de temps en temps, pour faire plaisir à Victor. Je m'assieds dans un coin, et je regarde les gens. Bon, en fait, je regarde surtout Sophie être si belle. Je l'écoute rire et donner des idées aux uns et aux autres et je me régale de toutes les couleurs qui traînent sur la table. Ça me démange un peu de m'y mettre. Mais c'est trop tôt encore.

J'espère que Sophie ne le prend pas mal, que je vienne sans rien faire. Je n'ai pas réussi à lui expliquer, mais à Victor, si. Quand j'ai entendu les mots sortir de ma bouche, je n'en revenais pas. Il a fait un grand sourire, il était super content que je parle enfin, même seulement quelques mots. Ce que j'ai bien aimé, c'est qu'il n'en a pas fait tout un plat. Ça tombe bien, je crois que ça m'aurait gêné. Il a continué à discuter, comme si de rien n'était, en m'encourageant à retourner à la chapelle autant que je voulais. « Prenez votre temps, Max. Sophie comprendra. » Ça je l'avais bien saisi : Sophie, c'est le genre qui comprend.

Mon père et ma mère sont partis à Montréal sans nous pour l'enterrement de notre grand-mère. On aurait bien aimé aller avec eux, surtout pour Grand-Pierre, mais ils ont décidé que c'était trop compliqué. Ils nous ont laissés avec Mouna qui avait acheté une bougie violette dans un verre violet qui sentait la violette. On l'allumait tous les jours pour penser à grand-mère. Ils appelaient tous les soirs avant qu'on aille se coucher mais je n'ai rien réussi à dire au téléphone sauf une fois à Grand-Pierre, j'ai réuni tous mes courages parce que je pensais que c'était très important qu'il sache :

– J'ai envie de te voir.

– Moi aussi mon cher Max, j'ai envie de te voir. Je vais venir bientôt, ou alors tu viendras, toi. On ira camper dans le bois et faire du bateau sur le fleuve, veux-tu ?

– Oui.

– Je vais parler de ça avec ton papa et ta maman. Je t'embrasse mon grand. Pense à ta grand-mère, elle nous aimait beaucoup.

Moi, c'est Grand-Pierre que j'aimais beaucoup, mais je ne savais pas le dire. Je lui ai passé Emma qui lui a raconté plein de choses pour lui changer les idées, avant de parler à mon père, et puis à ma mère. Quand elle a raccroché, elle a dit :

– Elle pleure tout le temps. C'est bizarre, pourtant, elle ne voulait plus lui parler.

Mouna a répondu :

– Tu sais ma chérie, ce n'est pas parce qu'on ne veut pas parler à quelqu'un qu'on ne l'aime plus et qu'on n'est pas très triste quand il meurt. Regarde, Max, c'est rare qu'il veuille nous parler et pourtant on sait bien qu'il nous aime.

– Oui mais Max, c'est pas pareil. C'est pas une maman.

– Quelquefois, c'est compliqué de parler avec les mamans…

– Toi, tu parlais avec ta maman ? Elle est morte, ta maman ?

– Elle est morte il y a longtemps. Et non, on ne se parlait plus, ça m'a rendue très malheureuse.

– Mais pourquoi tu ne lui parlais plus si ça te rendait malheureuse ?

– On était fâchées.

– Et avec ton papa aussi ?

– Oui.

– Pourquoi ?

– C'est des histoires de grandes personnes, ma chérie. Et puis je n'ai pas du tout envie de me souvenir de tout ça.

– Et papa, il ne leur parlait plus non plus à tes parents ?

– Il ne les a jamais vus.

– Pourquoi ?

– Ça suffit, Emma, j'ai dit que je n'avais pas envie de me souvenir de tout ça. Si on faisait plutôt un fondant au chocolat ?

Ça, c'est la grande technique de Mouna pour éviter les situations délicates : un bon gâteau et on n'en parle plus.

Mouna a quand même été obligée de répondre à une question. Ce n'est pas moi qui l'ai posée, même si j'avais très envie. Elle a dû passer par le fil-de-frère pour sortir par la bouche d'Emma, ou alors elle avait aussi cette question dans la tête. Ça ne m'étonnerait pas. Le premier dimanche où mon père et ma mère étaient là-bas, on a décidé de faire un brunch et c'est moi qui étais chargé du pain doré. Je savais déjà très bien le faire, Grand-Pierre m'a appris. Ici on dit « pain perdu » mais je trouve que « pain doré » c'est bien plus délicieux. Donc, j'étais hyper concentré sur ce qui se passait dans la poêle, pendant ce temps-là Mouna préparait une salade pamplemousse-pistache, et Emma dressait une jolie table avec sa nappe préférée, la rose bonbon avec des étoiles argentées, en chantant une chanson énervante. On avait chacun les yeux occupés à quelque chose, c'est toujours mieux pour poser des questions importantes, on n'est pas obligés de se regarder et comme ça on est un peu moins gênés. Tout d'un coup, Emma s'est arrêtée de chanter.

– Comment elle est morte, grand-mère Violette ?

Mouna a fait celle qui n'avait pas entendu, comme si c'était possible. Ça n'a pas servi à grand-chose, à part gagner quelques secondes, parce que Emma a reposé la question :

– Mouna, comment elle est morte, grand-mère Violette ?

Je me suis retourné pour voir ce qui allait se passer. Emma ne bougeait plus, les cuillères à la main comme si elle tenait un bouquet. Mouna a soupiré, nous a regardés par-dessus ses lunettes orange et rouge et a dit :

– Finis de mettre la table pendant que Max termine son pain doré, et puis on en parle tranquillement.

On a fini notre travail sans rien dire et sans chanter. Chacun s'est assis à sa place, j'ai servi une belle tranche de pain bien doré dans chaque assiette, recouverte d'une bonne dose de sirop d'érable. Mouna a goûté le sien.

– Parfait mon chéri, comme d'habitude. Tu es le roi du pain doré.

Je l'ai regardée avec un petit sourire dans les yeux. Elle m'a caressé les cheveux, elle a respiré profondément comme avant de plonger dans une piscine et puis elle a dit :

– Votre grand-mère Violette est tombée dans le Saint-Laurent. Et elle s'est noyée.

Là je me suis souvenu du fleuve quand on allait se promener en canot avec Grand-Pierre, les courants qui passent très vite et lui qui disait « n'aie pas peur, je sais comment faire ». Je le croyais parce que Grand-Pierre sait toujours comment faire mais j'avais quand même un peu peur. C'est un très gros fleuve, le Saint-Laurent, presque une mer. Je ne comprenais pas comment il avait pu la laisser se noyer.

– Mais Grand-Pierre ne l'a pas rattrapée ?

Ma question a dû passer par le fil-de-frère, Emma l'a posée avant même que je trouve le courage d'ouvrir la bouche.

– Pierre n'était pas là. Violette se promenait toute seule. Et elle a glissé.

Ça, c'était impossible. Et j'avais bien entendu dans la voix de Mouna qu'elle ne croyait pas non plus ce qu'elle nous racontait. On ne glisse pas dans le Saint-Laurent en se promenant le long du fleuve. On glisse si on est en train de pêcher et que tout d'un coup, un gros poisson tire sur la ligne et qu'on se bagarre pour le ramener. Ou si on est en train de s'occuper de son bateau et qu'on ne fait pas attention où on met les pieds. Ou si c'est le printemps, qu'on marche sur la glace et qu'elle se brise parce qu'elle n'est plus assez épaisse. Que des choses que grand-mère Violette ne faisait pas ou qui n'arrivaient pas en plein été.

– Elle a glissé ou elle a sauté dans l'eau ?

C'est dans ces moments-là que je n'aime pas du tout le fil-de-frère : quand il va plus vite que moi pour dire à Emma des choses que je préférerais ne pas lui dire. Après, elles sortent de sa bouche et on ne peut plus les rattraper.

Mouna a pris une nouvelle fois sa respiration, comme pour un deuxième plongeon. Elle a posé ses lunettes devant son assiette pour pouvoir nous regarder bien dans les yeux. Elle a mis sa main à la jolie bague sur la main d'Emma. Et puis elle a dit tout doucement :

– Tu as raison ma chérie. Elle n'a pas glissé, elle a sauté.

– Elle voulait se noyer ?

– Je crois que oui.

– Mais pourquoi ?

– Je ne sais pas ma princesse. Quelquefois, la vie est tellement compliquée et les gens sont tellement malheureux qu'ils ont envie que ça s'arrête. Et si à ce moment-là il n'y a personne pour les en empêcher, ils font des choses comme ça.

– Ça t'est déjà arrivé, à toi ?

– Mais non, puisque je suis là.

– Oui mais d'avoir envie que ça s'arrête ?

– Oh, ça...

On a tous les deux compris que pour l'instant, ce qu'elle voulait vraiment, c'est que les questions s'arrêtent. Ses yeux étaient remplis d'un orage très triste, mais sans pluie. Emma a glissé de sa chaise pour venir se blottir contre Mouna, et moi je suis passé derrière elle pour entourer son cou avec mes bras, comme une écharpe d'amour toute chaude et légère. On est restés un moment comme ça sans rien dire et puis Emma s'est remise à chanter sa chanson énervante. Mouna et moi on a râlé en chœur pour qu'elle se taise, on a pu se mettre à rire et ça nous a fait beaucoup de bien.

On fait pareil, Charlotte et moi : quelquefois, on se met à rire tous les deux et ça nous fait un bien fou, c'est le cas de le dire. À l'atelier de Sophie aussi, on rit souvent. Enfin, eux, pas moi. Moi, pour le moment, j'observe. Je regarde. J'apprivoise. Je cherche ce que je vais bien pouvoir faire là-bas qui ne réveille pas ma mère.

Pendant que les parents étaient à Montréal, je me suis dit que ça serait l'occasion de rouvrir la caisse-cachée pour lire au moins le cahier rouge et essayer de relier ce qu'il contenait à ce que je savais des autres pour voir ce qui apparaissait. Mais je n'étais pas certain que ce soit une bonne idée. Ma tête était déjà bien remplie d'images tristes et compliquées qui tournaient de plus en plus vite, comme un grand champ d'éoliennes quand le vent souffle fort, et j'avais peur que ça encombre le fil-de-frère et que ça fasse trop pour Emma. Surtout que l'histoire de grand-mère Violette qui a sauté dans le fleuve et les réponses bizarres de Mouna à propos de ses parents l'avaient déjà pas mal perturbée. Tous les soirs, quand Mouna éteignait la lumière et partait se coucher dans le canapé de l'atelier de ma mère, qui servait aussi de chambre d'amis, Emma sortait de son lit pour venir se glisser dans le mien et parler avec des mots. J'ai souvent hésité à lui raconter la caisse-cachée et les cahiers et la fumée-sorcière mais je me suis dit qu'elle était beaucoup trop petite. J'étais un peu malheureux d'escamoter quelque chose d'aussi important, surtout que j'ai senti que la fumée-sorcière était déjà passée dans le fil-de-frère, mais je suis quand même son grand frère, je devais faire attention à elle et ne pas trop lui compliquer la vie.

Alors, je n'ai rien dit. Et elle ne m'a rien demandé, elle a dû faire comme on fait d'habitude : elle a attendu que j'aie envie de lui en parler. Mais pour ne pas prendre de risque, j'ai décidé de ne pas ressortir la caisse-cachée avant qu'elle ait sept ans. C'était plus prudent.

Quand ils sont revenus de Montréal, la première chose qui m'a frappé, c'est que ma mère avait plein de cheveux blancs. Comme si elle avait pris un coup de gel, là-bas, même si c'était l'été. D'ailleurs, elle avait froid tout le temps, elle s'emmitouflait dans de gros pulls très doux, et comme ça ne suffisait pas à la réchauffer elle ajoutait un foulard, une écharpe, des chaussettes. On aurait dit qu'elle grelottait à longueur de journée. Je crois que c'est ce qu'elle faisait : elle a passé tout l'été, et puis tout l'automne à grelotter de chagrin. Un dimanche, un peu avant Noël, il s'est mis à neiger et on est sortis tous les quatre. On marchait dans le jardin des Tuileries, Emma et moi on a couru pour se réchauffer, et tout d'un coup je me suis retourné et j'ai vu ma mère toute maigre, frigorifiée dans son gros manteau d'hiver. Elle avait l'air triste, triste, triste. Triste comme Violette, sur la photo du grenier.

Grand-Pierre est venu passer « le temps des fêtes » avec nous. C'est comme ça qu'on dit là-bas, « le temps des fêtes ». On est partis dans les Cévennes parce que

Jiji, un copain de mon père – il s'appelle Jean-Jacques mais tout le monde l'appelle Jiji –, lui avait prêté une belle maison avec une grande cheminée, une cuisine comme autrefois et assez de place pour tout le monde à condition qu'Emma et moi on dorme dans la même chambre. Ça ne nous dérangeait pas du tout, au contraire. Avec Mouna et Emma, on a cuisiné des plats formidables, des pains d'épices, des madeleines et des financiers, du gigot, des gratins, des tartes salées à plein de choses rigolotes, des bonnes soupes pour avoir chaud, de la brioche pour le petit déjeuner du 1er janvier qu'on a mangée avec de la marmelade d'oranges délicieuse et de la gelée de cassis championne du monde qu'on avait achetées à l'épicerie du village, à une vieille dame qui fabrique des confitures « à tomber par terre », comme dit mon père.

Ça fait toujours du bien de faire la cuisine. J'adore ça. Depuis que je suis tout petit, je fais la cuisine avec Mouna. Alors le jour où Sophie a montré comment fabriquer de la pâte à sel dans son atelier, je me suis dit : « Là, tu peux y aller c'est sans danger. » C'est comme ça que j'ai repris le travail : je suis allé à la chapelle pour recommencer à confectionner des gâteaux, mais en pâte à sel, avec des pigments pour qu'ils aient l'air plus vrai. Ça m'a pris pas mal de temps de trouver la technique mais on s'en fiche parce que du temps, ici, c'est pas ça qui manque. Sophie a été un peu étonnée au début, elle a dit : « Ça a l'air bon. » Et aussi : « C'est très réaliste », avec un petit sourire que j'ai trouvé un peu narquois. Elle ne sait pas à qui elle a affaire ! Un jour, je lui dirai que je suis un excellent pâtissier, peut-être même que je lui demanderai de me trouver des vrais ingrédients pour fabriquer des vrais gâteaux et là, on verra qui c'est, l'artiste.

Cet hiver-là, dans les Cévennes, ma mère et Grand-Pierre se sont beaucoup promenés tous les deux, ils partaient longtemps, habillés chaudement, et ils revenaient avec les joues roses et les yeux brillants. Mon père les laissait faire. Tout ce qui pouvait faire du bien à ma mère, il laissait faire. Lui, il était juste là avec ses papiers et son ordinateur pour travailler et de temps en temps, il venait jouer aux cartes avec nous en buvant du chocolat chaud ou du vin à la cannelle. Ou alors il racontait une histoire à Emma. Ou alors on s'en allait tous les quatre, lui, Emma, Mouna et moi pour explorer les environs, mais ça ne durait jamais très longtemps parce que Mouna voulait toujours rentrer pour mettre un truc à cuire ou quelque chose comme ça.

Le soir, Emma et moi on se couchait tôt mais une fois qu'elle dormait je m'installais sans faire de bruit en haut de l'escalier pour écouter la conversation des adultes. Le plus souvent ils jouaient au scrabble ou au rami en parlant de tout et de rien, surtout de rien. Sauf un soir, le lendemain de Noël, Grand-Pierre avait posé sur la table la bouteille de whisky de compète que mon père avait ramenée pour lui d'un voyage en Irlande.

– Tu es complètement capoté, c'est une pièce de collection une bouteille pareille.

– C'est bien pour ça que je l'ai choisie et j'espère qu'on va l'ouvrir ensemble.

Ils l'ont ouverte, c'était une vraie cérémonie, Mouna avait trouvé dans une armoire quatre beaux verres taillés comme des pierres précieuses. Mon père est allé remplir une carafe à la fontaine qui coulait dans la cour en faisant un joli bruit et des stalactites tout autour du tuyau. Il a expliqué que les connaisseurs buvaient toujours le whisky avec un peu d'eau de source très fraîche, pour mieux en apprécier le goût. Tout le monde a trouvé ça assez bizarre, mais ils ont voulu essayer, pour voir si c'était vraiment meilleur. Ils ont commencé à goûter le whisky, à le renifler, à essayer avec l'eau, sans l'eau, et au fur et à mesure qu'ils picolaient, leurs voix changeaient. À un moment, mon père a dit un truc qui les a tous fait rire et je me suis rendu compte que je n'avais plus entendu le rire de ma mère depuis très longtemps. Et puis Grand-Pierre a dit quelque chose, je ne sais pas quoi, j'ai seulement compris « Violette » et ma mère a répondu sèchement :

– Je ne veux plus en parler.

Alors mon père a dit, très tendrement :

– Ma douce, je crois au contraire qu'il est temps d'en parler, ça nous fera du bien à tous.

Il l'appelle souvent « ma douce », j'ai toujours trouvé ça étrange parce que moi, ma mère, je ne l'ai jamais trouvée tellement douce. Il y a eu encore un long silence. Grand-Pierre s'est gratté la gorge et a commencé à raconter avec une voix très lasse :

– Il se fait que dans son enfance, Violette a vécu des choses terribles qui l'ont beaucoup marquée et qu'elle n'a jamais voulu raconter. J'aurai donc bien du mal à vous en parler à date : je ne sais toujours pas de quoi il s'agit. Mais je sais que ça l'a hantée toute sa vie. Jusqu'à ce qu'elle ne le supporte plus.

– Il n'y a pas qu'elle que ça a hanté.

La voix de ma mère était rauque et électrique comme quand elle se mettait en colère contre moi. Mouna a demandé :

– C'est ça qui te rend si triste depuis toutes ces années ?

– Je ne suis pas triste, je suis dévastée. Elle a préféré ne rien dire, garder tout ça pour elle jusqu'à s'en rendre malade. Et ça l'a rendue malade. Surtout avec moi, d'ailleurs. Elle était complètement malade…

– Ne parle pas comme ça de ta mère…

– Papa, tu n'as jamais voulu voir, ni savoir. Tu ne sais pas. Tu n'as aucune idée de ce qu'elle m'a fait endurer.

– J'ai fait tout ce que j'ai pu ma chérie. Vraiment tout ce que j'ai pu. Mais j'ai pas été capable. C'est une misère que ça n'ait pas suffi, ni à te rendre heureuse ni à la sauver…

Il y a eu encore un grand silence où on entendait les bûches brûler dans la cheminée en craquant et en soufflant. Et puis Mouna a dit :

– Parfois, les mères se taisent pour protéger leurs enfants. Parce que ce qu'elles auraient à raconter est trop terrible pour qu'ils l'entendent. Ou parce qu'elles ne savent pas comment le dire.

J'ai vu mon père regarder Mouna comme il ne la regardait jamais. Il ressemblait à un petit garçon de l'âge d'Emma qui attendait la suite de l'histoire. Et j'ai vu ma mère regarder mon père de la manière dont lui la regarde d'habitude, comme si elle le prenait dans ses bras, mais avec ses yeux. Et puis j'ai vu Grand-Pierre regarder ma mère exactement de la même façon qu'il regardait ma grand-mère Violette, en l'enveloppant de son fil-d'amour. Mouna, elle, elle fixait le feu pour ne croiser aucun de tous ces regards et ne pas être obligée de dire plus que ce qu'elle venait de dire. Mais j'ai bien remarqué, aussi, que son menton tremblait.

C'est Grand-Pierre qui a continué.

– C'est exactement ce qui s'est passé avec ta mère. Quand j'ai rencontré Violette, elle avait l'âge de Max aujourd'hui. Et elle parlait à peine plus que lui. Je savais qu'elle venait de très loin, mais je n'ai jamais su ce qu'elle a vécu là-bas. Je savais seulement que ça lui avait fait si mal et si peur qu'elle était pas capable d'en parler. Alors j'ai attendu le moment. J'ai attendu, attendu, mais il n'est jamais venu.

– Mais vous n'avez pas pu demander à ses parents ? Vous avez bien fini par les rencontrer...

La voix de mon père était à la fois exaspérée et inquiète.

– Non, je n'ai jamais connu ses parents.

– Vous vous êtes mariés sans voir ses parents ?

– Quand on s'est mariés, ses parents étaient morts depuis longtemps. Ils sont morts l'année où ils sont arrivés par chez nous, au printemps je crois. Je connaissais Violette depuis quelques mois à peine.

– Mais qu'est-ce qui s'est passé ?

– Ils se promenaient au bord du fleuve. Ils venaient d'arriver, ils ne savaient pas que c'est très dangereux à cette période de l'année. C'était sûrement le début du dégel, la glace a cédé.

– Je ne crois pas que ça se soit passé comme ça.

La voix de ma mère était blanche et froide comme un iceberg. Elle a répété, en détachant chaque syllabe :

– Je-ne-crois-pas que ça se soit passé comme ça. Je crois qu'ils savaient très bien ce qu'ils faisaient, au contraire. Ils se sont avancés vers le fleuve et ils se sont laissé emporter. Ils sont partis en la laissant toute seule, et ça l'a rendue folle. Et c'est pour ça qu'elle a fini par...

– Ne parle pas comme ça de ta mère.

– Je dis ce que je pense, papa, même si c'est abominable et que tu n'as jamais voulu le voir, ni l'entendre. Elle était folle. Folle de douleur, folle de chagrin, peut-être, mais folle, vraiment folle. J'ai été élevée par une mère complètement folle, et un père fou d'amour pour elle. Et ça a fait de moi la mère folle d'un enfant fou.

C'est mon père qui a répondu.

– Tu n'es pas folle. Tu es seulement très malheureuse. Et Max n'est pas fou non plus. Il est seulement très compliqué.

– C'est ça, continuez à vous raconter des histoires. Continuez à surtout ne rien dire de tout ce qui vous fait peur en pensant que c'est plus simple et moins dangereux.

Elle n'était même plus énervée. Elle a dit ça avec sa grosse voix de gorge, épuisée. Plus personne n'a parlé.

Du haut de mon escalier, je ne voyais pas très bien, il m'a fallu un moment pour comprendre ce qui se passait : ils étaient en train de pleurer. Tous les quatre. Mais pas tous ensemble, comme ça m'arrivait quelquefois avec Emma parce que ça fait du bien de pleurer l'un contre l'autre. Non. Là, ils étaient assis chacun dans un fauteuil, ils ne se regardaient pas, ils ne se touchaient pas, ils pleuraient. Tout seuls. C'était horrible.

La grosse bûche du feu a fini par se couper en deux et rouler hors de la cheminée. Mon père s'est levé pour réparer les dégâts. Il a fait un beau petit tas de braises, et puis il s'est tourné vers les autres et il a dit :

– Bon, on va se coucher ?

Tout le monde était soulagé. Ils se sont levés et j'ai filé dans ma chambre pour qu'ils ne me voient pas, en me disant que j'allais avoir drôlement froid tout seul dans mon grand lit. Mais quand je m'y suis glissé, j'ai trouvé Emma roulée en boule bien au milieu, comme une petite bouillotte toute chaude.

Ce soir-là, j'étais tellement, tellement heureux qu'elle existe.

Charlotte m'a parlé ! On était devant les rosiers grimpants qui sentent bon comme des fruits mûrs et qui font des fleurs énormes, grenat, nacarat, vermeilles, rubis et toutes sortes de rouges. J'ai attendu qu'on arrive à cet endroit pour lui offrir mon cadeau, parce que je sais qu'elle aime particulièrement ces roses-là. Ça fait un moment que j'y pense. Depuis que je maîtrise bien la pâte à sel, en fait. Elle, elle ne met jamais les pieds à l'atelier de Sophie. Je crois qu'elle a peur des autres, elle préfère qu'on la laisse tranquille, sauf moi, et la jeune femme brune très belle avec des robes de toutes les couleurs qui vient la voir de temps en temps, je ne sais pas qui c'est. Alors j'ai eu l'idée de confectionner pour Charlotte une très jolie charlotte aux fraises miniature en pâte à sel. Je suis sûr qu'elle est gourmande et j'espérais que ça lui ferait plaisir.

Hier, quand mon gâteau a été terminé, j'ai choisi le papier le plus appétissant que j'ai pu trouver à l'atelier pour l'envelopper dans une sorte de papillote, et je l'ai glissé dans ma poche ce matin avant de partir faire le tour des fleurs. J'ai attendu d'être devant les roses et j'ai donné mon cadeau à Charlotte. Elle m'a regardé avec l'air étonné. Elle a pris la papillote et s'est dirigée tranquillement vers le banc le plus proche. Elle s'est assise et avec ses yeux, elle m'a ordonné de m'asseoir à côté d'elle. J'ai obtempéré. Avec Charlotte, on a intérêt à filer droit. Elle a ouvert la papillote avec ses grandes mains toutes ridées, en faisant très attention de ne pas l'abîmer. Elle a tendu sa paume gauche bien à plat, et elle a posé mon petit gâteau au milieu, pour l'observer attentivement. Elle a ri. J'ai ri aussi. Et là, elle a dit :

– J'adore les charlottes. Elles sont délicieuses.

C'était la première fois que j'entendais sa voix. Un mélange de vieille dame et de petite fille, avec l'accent des acteurs d'autrefois dans les vieux films en noir et blanc. Elle a ajouté :

– Je serais heureuse de vous offrir l'apéritif, dimanche, avant le déjeuner.

Et on s'est levés pour continuer notre tour de fleurs. Je crois que ça lui a fait très plaisir. À moi aussi. Je ne sais plus du tout depuis quand je n'ai pas pris l'apéro.

Ça peut paraître bizarre, mais après la soirée de whisky dans les Cévennes, il ne s'est rien passé. Ni les années qui ont suivi. Tout le monde a fait comme si de rien n'était. Les cheveux de ma mère ont continué à blanchir, mais elle s'est remise à peindre dans son atelier. Des tableaux et des dessins magnifiques avec de moins en moins de couleurs et de plus en plus de noir. Elle peignait, elle peignait, mais elle ne voulait rien montrer à personne, sauf un peu à mon père, de temps en temps. Emma et moi, on était obligés d'attendre qu'elle soit sortie pour entrer en cachette dans son atelier et regarder ses nouveautés en faisant gaffe de ne rien déranger pour qu'elle ne se rende pas compte qu'on était venus. C'était toujours aussi beau, ses peintures. Mais toujours aussi triste, aussi.

De temps en temps, quand on n'était que tous les deux, elle recommençait à se mettre en colère contre moi en criant des choses atroces, mais je ne les entendais pas. Dès que sa voix commençait à changer, je me cachais à l'intérieur de moi. Elle croyait que j'étais là mais en fait j'étais parti ailleurs, pour que sa colère ne me fasse pas peur. Elle ne me tapait plus, j'étais trop grand, mais elle hurlait, elle hurlait. Il suffisait d'attendre que ça passe. Ça finissait toujours par passer.

Mouna ne dormait plus sur le canapé : comme mon père avait eu un nouveau changement de poste et qu'il avait recommencé à beaucoup voyager, ils ont fait faire des travaux pour transformer son bureau en une vraie chambre pour elle, avec une petite salle de bains. Elle a choisi la couleur, bleu des mers du Sud, « comme ça j'ai l'impression d'être sur une île ». Ses cheveux à elle aussi sont devenus blancs, bien plus que ceux de ma mère. J'aime bien, elle est belle avec ses yeux très verts et ses cheveux très blancs.

Je suis allé boire l'apéro chez Charlotte, comme prévu. Elle m'attendait debout devant sa chambre. Ici, on n'a pas le droit d'entrer les uns chez les autres. Mais comme Charlotte ne marche plus très bien, elle habite une chambre un peu comme le bureau de Victor, avec une porte-fenêtre qui ouvre directement sur le parc, c'est plus pratique pour sortir. Et devant la porte-fenêtre, il y a une petite terrasse où on lui a installé un guéridon un peu rouillé et deux vieux fauteuils en fer forgé pour qu'elle puisse s'asseoir au soleil quand elle a envie, ou discuter avec les esprits les nuits de pleine lune, mais ça, je suis le seul à le savoir. C'est là qu'elle m'attendait. Par la porte-fenêtre ouverte j'ai vu que le mur de sa chambre à elle est framboise écrasée. Je trouve que ça lui va bien. Elle avait déposé sur la table le papier de la papillote, bien lissé, pour faire office de nappe, et mon petit gâteau exactement centré pile au milieu, au millimètre près, parce qu'elle adore les exactitudes et les millimètres près. Et puis, de part et d'autre, à égale distance, deux très jolis petits verres à liqueur qui semblaient sortis directement d'une armoire de famille.

Je me suis assis sur le fauteuil qu'elle m'a désigné des yeux et elle m'a demandé avec cérémonie :

– Quelle couleur ?

En suivant son regard, j'ai découvert, posées sur le rebord de la petite fenêtre de sa chambre, quatre bouteilles de sirop : menthe, grenadine, orange, myrtille. J'ai dit :

– Vert.

Elle a fait comme si elle ne se rendait pas compte qu'elle entendait ma voix pour la première fois, à part un petit sourire dans ses yeux. Elle a pris la bouteille de menthe, et a rempli avec précaution le verre posé en face de moi, à ras bord, avant de la reposer exactement à la même place. Et puis elle a dit :

– Moi, c'est bleu.

Et elle s'est servi un verre de myrtille, en faisant les mêmes gestes lents et précis. Elle s'est assise, elle a levé son verre avec élégance, et elle l'a porté à ses lèvres pour aspirer une première gorgée de sirop. Pur. J'ai fait comme elle. Le goût de la menthe et du sucre a envahi mon palais d'un seul coup. Elle m'a regardé et elle a dit :

– C'est comme un bonbon, vous ne trouvez pas ?

Elle a souri, et son sourire était bleu myrtille. Elle a raison, c'est comme un bonbon. Une explosion gustative délicieuse et gourmande avant le déjeuner.

Voilà comment on est devenus amis, Charlotte et moi. Tout doucement, en regardant pousser les fleurs, en parlant sans les mots et en buvant des sirops purs de toutes les couleurs dans des verres à liqueur.

Je suis allé voir Grand-Pierre plusieurs fois au Canada. Je prenais l'avion tout seul, il m'attendait à l'aéroport, et puis on passait dans la maison de Montréal juste le temps de préparer nos affaires avant de partir dans le bois. Ou sur le fleuve. Ou les deux. Là-bas, il y a plein d'endroits où on a l'impression que l'homme blanc n'a jamais mis les pieds, et que l'esprit des Indiens est accroché aux branches, ou caché sous les roches... On se retrouvait entre hommes. Il m'a appris à pêcher et à installer des pièges pour attraper des lièvres et des castors, et aussi à les faire rôtir au feu de bois. Il m'a appris à reconnaître les baies et les champignons. À construire un abri pour la nuit. À comprendre les bruits de la forêt pour ne pas avoir peur. Il m'a appris à naviguer à la voile, en faisant attention quand on croise d'énormes cargos grands comme des immeubles de six étages qui ne nous voient pas du tout, surtout dans le noir, et qui nous secouent comme une coquille de noix dans leur ressac. Il m'a appris à trouver des petites criques tranquilles pour mouiller le temps d'une nuit, et à manœuvrer pour entrer dans les marinas. Il m'a surtout appris à regarder, à écouter, à laisser le monde entrer à l'intérieur de moi pour mieux comprendre comment il tourne et en savourer toutes les beautés. Il m'a appris à devenir un homme, un Maximum. Ou au moins, à en avoir envie.

Un soir, on avait trouvé un mouillage parfait, très bien abrité, à quelques coups de rame d'une petite plage tranquille où nous avions accosté avec l'annexe pour passer la soirée. J'ai allumé le feu, choisi de beaux galets sur lesquels poser la gamelle de soupe à réchauffer et les saucisses à griller. On s'est offert un festin, et puis j'ai remis du bois sur les braises et Grand-Pierre a commencé à parler.

– Vois-tu, mon cher Max, j'ai passé mon enfance et ma jeunesse tiraillé entre les rues de Montréal et le bois, le fleuve, la rivière. Quand j'étais là-bas, j'avais envie d'être ici. Et quand j'étais ici, quelque chose me ramenait là-bas.

J'aime bien quand Grand-Pierre se lance dans une histoire. Il part toujours de très très loin en arrière, ce qui fait qu'on ne sait jamais où il va atterrir. Ça n'a aucune importance, au contraire : il suffit de se laisser porter, et de l'écouter raconter…

– La première fois que j'ai quitté mon quartier tout seul – on peut dire que je me suis sauvé, même –, j'avais à peine cinq ans. Je suis allé trois pâtés de maisons après le mien, ma mère m'a cherché partout. Je me souviens très bien que je voulais savoir ce qu'il y avait « après », derrière ce que je connaissais. Ça ne m'a jamais dépris. Ma première aventure sérieuse, j'avais dans les dix ans. Je me demandais si le tramway qui passait devant chez nous allait jusqu'au bout de la ville, et qu'est-ce qu'il y avait « après ». Alors j'ai convaincu mon voisin de venir avec moi, on est montés dans le tramway et on y est restés jusqu'au bout de la ligne. Au terminus, on est descendus. J'ai été très déçu de constater qu'on n'était pas dans le bois, et même pas dans la campagne. On se trouvait encore au travers des maisons, comme à notre point de départ, même après avoir roulé si longtemps. J'étais prêt à continuer la route pour sortir de la ville, mais mon chum voulait absolument retourner chez nous. On n'avait pas de tickets, et à l'époque, ça ne nous serait même pas venu à l'idée de voyager sans payer. Alors on est rentrés à pied.

Il a ri, et tout d'un coup, malgré sa barbe blanche et toutes ses rides autour des yeux, il ressemblait à un petit garçon de dix ans qui vient de faire une énorme bêtise.

– Sauf que la ligne de tramway, elle faisait des miles et des miles ! On a mis des heures pour rentrer. C'était le gros hiver, il faisait un froid terrible et la nuit était tombée. On a traversé quasiment toute la ville à pied, dans la neige et dans la noirceur.

– Vous ne vous êtes pas perdus ?

– C'était pas dur : il suffisait de suivre la voie du tramway, jusqu'à la maison. Quand on est arrivés, il faisait noir depuis longtemps et nos mères avaient appelé la police. Elles étaient tellement en maudit qu'elles ne nous ont même pas chicanés. Mais les parents de mon chum lui ont interdit de jouer avec moi, à vie !

– Et ta mère, qu'est-ce qu'elle a dit ?

– Ma mère, elle était morte d'inquiétude. Et elle ne savait plus quoi faire avec un vlimeux de mon espèce...

Son histoire avait l'air d'être terminée, mais j'ai senti que non. Il s'est quand même arrêté de parler un long moment, pour écouter le silence, le clapotis du fleuve et le cri des oiseaux de nuit.

– Vois-tu mon cher Max, je suis parti encore, plusieurs fois, de plus en plus loin, avec toujours cette envie d'arriver dans le bois, ou à la rivière, ou à quelque part. J'ai embarqué mes chums dans des aventures qui avaient pas de bon sens, au fin fond de nulle part, juste pour voir. Je me demandais ce qui clochait en moi, mais je ne trouvais pas. Quand j'étais icite, je voulais être là-bas, et quand j'étais là-bas, je voulais être icite. Et puis un jour, ma grand-mère est morte. Adélie, la mère de ma mère. J'avais vingt-deux ou vingt-trois ans. Je me suis rendu aux obsèques, et à la fin de la messe, j'ai été étonné de découvrir au fond de l'église un petit groupe d'autochtones, ils étaient au moins quatre ou cinq.

– Des Indiens ?

– Oui mon gars, des Indiens. J'ai dit à ma mère : « Je savais pas que grand-maman avait des amis indiens. » Et elle m'a répondu : « C'est pas des amis, c'est la famille. »

– Ta grand-mère était indienne ?

– Exactement. Une « sauvage », comme on disait encore. Mais je ne le savais pas, parce qu'à cette époque, c'était presque une honte, d'avoir du sang indien. Alors on n'en parlait pas, et on faisait tout pour ne pas y penser.

– Ta mère avait honte de sa mère ?

– Non non, pan' toute. Je crois que c'est surtout ma grand-mère qui avait honte d'elle-même. Alors elle a préféré cacher qui elle était à ses enfants et à ses petits-enfants.

Le feu était presque éteint. On l'a recouvert de sable, on a ramassé nos affaires et on a repris l'annexe pour rejoindre le bateau. La lune était tellement pleine qu'on y voyait comme en plein jour. Bleu et argent, brillante comme quand Charlotte se transforme en elfe. On est restés longtemps sur le pont, sans rien dire, à écouter la nuit dans la lumière d'acier. Avant de rentrer pour se glisser dans nos couchettes, Grand-Pierre a fini son histoire :

– Quand j'ai su que j'avais dans mes veines un quart de sang indien, j'ai compris pourquoi j'étais toujours tiraillé entre ici et là-bas. L'Indien qui est en moi aura toujours besoin du fleuve et du bois.

Cette nuit-là, avant de m'endormir, j'ai essayé de calculer combien son quart à lui me faisait de sang indien, à moi. Je me suis endormi avant d'avoir trouvé. J'ai rêvé que je partais dans le bois et que je m'y perdais loin, loin, comme dans une jungle et qu'au bout d'un moment je ne savais plus du tout où j'étais. Ni qui j'étais. C'était plutôt un cauchemar.

Quand Emma a eu sept ans, je me suis demandé si je rouvrais la caisse-cachée pour lire le cahier rouge, et peut-être même tous les autres, mais finalement j'ai renoncé. C'est comme quand on marche sur une poutre, ou quand on pratique n'importe quel sport d'équilibre : une fois qu'on a réussi à se stabiliser, on n'a pas trop intérêt à prendre le risque de se remettre à tanguer. On peut dire qu'après la mort de grand-mère Violette et la soirée de whisky, la famille avait réussi à se stabiliser. Mon père avait repris ses voyages, il était toujours content de rentrer et nous de le revoir. Ma mère, elle, avait repris ses peintures et pleurait beaucoup moins même si elle ressemblait encore très souvent à *Violette, Montréal, janvier 1947*. Mouna vivait à plein-temps chez nous et continuait à remplir la maison d'odeurs délicieuses, à inventer des tartes invraisemblables genre pommes-harengs fumés-oignons, ou bien maroilles-épinards-champignons et à nous couvrir d'amour, comme on inonde le pain doré de sirop d'érable. Grand-Pierre venait nous voir au moins une fois par an pour le temps des fêtes, et souvent encore une autre fois vers le mois d'avril, quand l'hiver n'en finissait pas là-bas et que le printemps était déjà installé ici. Il parlait toujours de vendre la maison de Montréal, sans rien faire pour que ça arrive. Ma mère levait les yeux au ciel quand il abordait cette question, mais elle n'avait pas l'air d'être vraiment agacée. C'était plus une habitude, je crois. De toute façon, elle n'avait jamais voulu retourner à Montréal. Je ne savais pas pourquoi, mais je voyais bien qu'il n'était pas question de demander…

Au fil des ans, Emma est passée de petite fille à grande fille, mais elle n'a pas tellement changé : toujours rose et blonde, sautillante et jolie, drôle, vive comme le printemps. Elle avait de plus en plus d'idées saugrenues, d'amis bizarres, d'envies étranges qui nous faisaient rire et faisaient crépiter le fil-de-frère de toutes les couleurs.

Moi, je suis devenu un ado. C'était agréable, d'être grands. On pouvait filer tous les deux, sans Mouna ni les parents, et transformer Paris en terrain d'aventure. Notre vrai plaisir, c'était de nous installer quelque part bien tranquillement et de regarder passer les gens, en essayant de deviner qui ils étaient, d'où ils venaient, comment ils s'appelaient, pourquoi ils étaient là et à quoi ils pensaient. On s'asseyait chacun sur un banc, à portée de vue l'un de l'autre, et puis on activait le fil-de-frère. On n'avait même pas besoin de se regarder pour penser la même chose et on riait, on riait. Les gens ne comprenaient pas qu'on était ensemble. Ils nous prenaient pour deux fous qui riaient tout seuls, comme des fous...

À propos de fous, je l'ai échappé belle. Après la soirée de whisky, mon père et ma mère m'ont refait passer des tests et un psy ou je ne sais pas trop quel « spécialiste » a fini par m'informer des résultats. Il a dit que j'étais normalement intelligent, et même peut-être « un peu plus que la moyenne » – je ne sais pas comment ils calculent ça, il n'a pas expliqué –, mais que j'avais un « blocage relationnel », qu'on allait « essayer d'explorer ensemble », pour que « j'accepte de grandir ». Quand on est rentrés à la maison, mon père et ma mère m'ont traduit son jargon : *grosso modo*, ça n'était pas normal que je me cache comme ça, que je parle si peu et que je n'aie pas de copains, et si ça continuait il faudrait me mettre dans une école spécialisée, pour que des spécialistes puissent m'aider à parler et à me faire des copains.

Ça sentait le roussi, exactement comme quand on précuit une pâte sablée et qu'on l'oublie dans le four : la minute d'avant, ça va, et la minute d'après, c'est cramé. Je n'avais pas envie d'aller dans une école spécialisée, pensionnaire si ça se trouve, loin d'Emma et de Mouna, de mes nuanciers, de mes livres d'histoire, de ma chambre et de ma vie à moi. J'ai décidé de faire des efforts pour parler, et ça leur a suffi. J'écoutais ce que les gens racontaient à la télé, et je le répétais à l'école comme si c'était mes propres idées, qui sortaient de mon propre cerveau. Personne ne s'est rendu compte que je disais ce qu'ils avaient envie d'entendre, pas ce que je pensais. Et personne ne s'est rendu compte non plus que je n'avais toujours pas de copains. Il suffisait que je parle un peu des élèves de ma classe à la maison et que je réponde de temps en temps aux questions des professeurs du collège pour que tout le monde soit content. Ils disaient : « Max a vraiment changé. Il va beaucoup mieux. »

Je n'avais pas du tout changé, et je n'allais pas tellement mal, j'avais seulement décidé de faire semblant de parler pour ne pas atterrir dans une école spécialisée. Et je me cachais toujours autant, mais depuis que j'avais compris qu'on peut se planquer à l'intérieur de soi, ça ne se voyait plus et personne ne le savait, à part Emma. Et peut-être un peu Mouna, de temps en temps.

Un soir, mon père était en voyage, ma mère était en vadrouille et Mouna dînait chez son amie Blanche. Emma était censée dormir et moi je lisais dans ma chambre, tout était calme dans la maison mais j'ai senti le fil-de-frère se remplir de chagrin, gris, noir, caca d'oie, je ne savais pas pourquoi. J'ai tendu l'oreille : ma petite sœur pleurait dans son lit. J'ai gratté à sa porte et je suis entré sans attendre qu'elle réponde, parce que je n'étais pas sûr qu'elle aimerait que je la voie pleurer. Je n'ai pas allumé la lumière, mais j'ai trouvé mon chemin quand même grâce à la petite guirlande lumineuse en plumes d'ange que je lui avais offerte pour Noël. Elle l'avait accrochée dans l'angle, à côté des rideaux de sa fenêtre et elle la laissait toujours allumée pendant la nuit, comme une veilleuse. Elle ne l'avait jamais avoué mais je savais bien, moi, qu'elle avait peur du noir, elle qui n'avait peur de rien.

Je me suis assis au bord de son lit et j'ai attendu qu'elle ait envie de parler en lui envoyant des images très douces et des couleurs joyeuses par le fil-de-frère pour qu'elle se sente moins triste. Au bout d'un moment, elle s'est arrêtée de pleurer. Et puis elle a dit :

– Je ne peux pas te parler de ça, ça va te faire du chagrin.

Je lui ai dit que ce qui me faisait du chagrin, c'est qu'elle ne veuille pas me parler de quelque chose d'assez important pour la faire pleurer et que j'étais quand même son grand frère et que si ça se trouve je pourrais l'aider.

– Ça, ça m'étonnerait.

– Essaye quand même.

– Ils disent que tu tournes pas rond.

– Qui ?

– Tout le monde. Les parents, mes copains, et même la concierge, je l'ai entendue en parler avec le voisin.

– Et toi, tu en penses quoi ?

– Moi, je sais que tu n'es pas fou du tout. Juste un petit peu bizarre, c'est ça que j'aime bien.

– Bizarre comment ?

– Ben tu sais bien, bizarre comme toi. Tu parles sans les mots, tu vois des drôles de couleurs là où personne n'en voit, tu te caches et tu fais jamais semblant.

– Et ça veut dire que je suis fou, tu crois ?

– Ça veut dire que tu es spécial et je ne vois pas pourquoi on n'aurait pas le droit d'être spécial.

– Moi non plus.

– Regarde Arthur Rimbaud, il voyait aussi des couleurs dans les voyelles et on apprend ses poèmes à l'école. Personne ne dit qu'il ne tourne pas rond.

– Heu… Tu ne sais pas ce qu'on disait de lui, à l'époque…

– Oui ben en tout cas moi j'aimerais bien qu'ils comprennent et qu'ils te fichent la paix. Au moins les parents, tu vois ?

– Ils finiront par comprendre. Et puis tu sais, je me suis habitué. Pour moi ce qui compte c'est que toi tu sais comment je suis vraiment. Et que je me sois débrouillé pour ne pas finir en pension dans une école spécialisée.

Elle a poussé un grand soupir, comme quand elle était bébé et qu'elle finissait par arrêter de pleurer. Et puis elle s'est essuyé le nez avec le dos de la main. J'adore. Je lui ai dit qu'on ne pouvait pas être tous pareils et elle a dit « heureusement ». Et après elle a murmuré « j'aime bien, moi, comment tu es », avec une toute petite voix parce qu'elle était en train de s'endormir. Ça m'a allumé un énorme soleil bleu dans le cœur. Je lui ai répondu par le fil-de-frère que moi aussi, j'adorais comment elle était mais je crois qu'elle n'a pas entendu. Elle roupillait déjà.

Je voudrais la revoir. Ça fait longtemps que j'en ai envie mais jusqu'à maintenant, ça n'a pas été possible. Victor trouve que ce n'est pas une bonne idée. Il m'a expliqué que j'ai besoin de faire une vraie coupure avec eux, le temps que j'aille mieux. Eux, d'accord, mais Emma, elle me manque vraiment. Énormément. Et puis je vais mieux, maintenant, j'ai beaucoup moins froid et j'ai retrouvé les mots. La preuve : je parle avec Victor, avec Charlotte et même un peu avec Sophie. J'aime bien. On discute des couleurs, surtout. Elle en connaît un rayon. C'est normal, c'est une artiste peintre. Les couleurs, c'est la base de son travail.

J'ai pris le cahier, l'autre jour, chez Victor. Pas les crayons. Écrire je veux bien essayer, mais dessiner, c'est hors de question. Il a dit « d'accord », il a gardé les crayons de couleur. Il a fouillé dans son tiroir, et il en a sorti deux crayons à papier et une belle gomme toute blanche, qu'il a glissés dans le sachet avant de me le tendre avec un grand sourire. J'ai emmené tout ça dans ma chambre. Ils sont posés sur la table, près de la fenêtre. Pour l'instant, je ne les ai pas touchés. Mais j'y pense. J'apprivoise l'idée.

La dernière fois que j'ai vu ma petite sœur, c'est quand elle m'a amené ici. Elle était avec ce type que je ne connaissais pas. Elle m'a parlé en souriant et lui aussi me souriait, à un moment il a posé sa main sur mon épaule. Emma était exactement comme quand elle était petite sauf qu'elle est devenue grande et qu'elle a les cheveux très très courts. C'est une femme, maintenant, et l'homme, c'est son homme.

Je ne me souviens pas d'où on est partis. Je me souviens seulement que c'était la guerre et qu'il faisait très froid. On est montés dans une voiture tous les trois, c'est lui qui conduisait et on a roulé longtemps, je regardais le paysage à travers la fenêtre. Ce jour-là aussi le soleil était bleu comme j'aime. Il faisait froid comme en hiver mais dehors c'était le début du printemps, tout était vert tendre et joyeux et resplendissant. Emma parlait, je ne captais pas trop les mots mais ça faisait une très belle musique à l'intérieur de moi, une musique de réjouissance. Une musique de dégel.

On est arrivés dans le parc par l'allée de graviers blancs, le château au milieu et des petites maisons tout autour. J'ai vu des gens sous les arbres, pas trop, et des bancs pour s'asseoir. Je ne savais pas du tout où on était. On a marché un peu, ça crissait sous mes pieds. On s'est assis sur un banc. C'est là que la voix d'Emma a recommencé à arriver jusqu'à moi, par l'intérieur. Je me suis dit ça y est, le fil-de-frère est dégelé et peut-être que la guerre est bientôt terminée.

Elle disait que j'allais rester ici le temps qu'il faudrait et que je serai bien et que des gens allaient m'aider à revenir dans la vie et qu'elle était tellement heureuse de me retrouver. J'ai répondu sans mot que moi aussi. Le fil-de-frère a rosi, et elle, elle a souri.

Je ne l'ai pas revue depuis. Moi je crois que je suis prêt. La dernière fois que j'en ai parlé avec Victor, il avait l'air d'hésiter. J'espère que je vais bientôt réussir à le convaincre.

C'est trop difficile, sans elle.

À la fin de la troisième, j'ai dit que je voulais devenir pâtissier. Ils ont essayé de me convaincre de passer mon bac d'abord, et d'y réfléchir après mais j'avais déjà réfléchi avant et il n'était pas question que je perde mon temps à passer mon bac : je serai pâtissier, comme Mouna. Sauf qu'elle, elle a appris sur le tas alors que moi, je voulais entrer en apprentissage, moitié à l'école et moitié chez un patron. Mouna a demandé à Blanche de l'aider à me trouver une bonne maison et c'est comme ça que j'ai atterri chez Gilles, le petit-fils de Blanche. Je n'aurais pas pu mieux tomber : j'adore ce mec. En plus d'être d'une gentillesse incroyable, toujours souriant, c'est un pâtissier extraordinaire, qui invente des gâteaux hallucinants dont on parle même dans les journaux et à la télé. Le dimanche, les gens font la queue plus d'une demi-heure pour acheter son île-aux-trésors ou son soir-d'orage et le jour de la fête des Mères ou de la Saint-Valentin, n'en parlons pas, ils sont prêts à se battre pour un coup-de-foudre ou un crépuscule-d'amour. J'ai tout appris chez Gilles. Je connais ses recettes secrètes, je m'en souviens parfaitement.

J'ai eu raison d'insister, pour la pâtisserie. Quand j'ai attaqué mon apprentissage, j'ai eu l'impression que ma vie commençait enfin. Surtout quand j'étais au labo avec Gilles et toute l'équipe. Pour la première fois de mon existence, je me suis senti normal. On me parlait normalement, je répondais normalement, on me traitait normalement, tout ce qu'on me proposait m'intéressait, je n'avais pas besoin de faire semblant de quoi que ce soit et, miracle, plus personne ne s'énervait contre moi. Gilles a même dit à mes parents que j'étais un apprenti de rêve. Ils n'en revenaient pas. Moi non plus, d'ailleurs. La seule qui n'était pas étonnée, c'était Mouna. Elle répétait avec un sourire vainqueur : « Je l'ai toujours su qu'il était extrêmement doué. » Et Emma évidemment, qui ne manquait pas une occasion d'inviter ses copines pour leur faire goûter mes compositions. Je crois qu'elle était encore plus fière que si c'était elle qui les avait fabriquées.

La seule chose qui les inquiétait encore, c'est que je n'avais toujours pas de copains. J'ai bien essayé, mais je n'ai pas réussi : ça ne m'intéresse pas, d'aller faire la bringue avec les autres, de boire des bières, de regarder les matchs de foot et de draguer les filles. C'était comme à l'école, quand j'étais petit : j'avais beau chercher, je ne trouvais rien à leur dire. À quoi ça aurait servi, d'insister ? J'ai laissé tomber. J'avais une belle vie, et à moi, ça me suffisait.

Quelque temps avant mes dix-huit ans, mon père et ma mère m'ont demandé ce qui me ferait plaisir pour mon anniversaire, et je n'ai pas eu beaucoup à réfléchir pour leur répondre : ce dont je rêvais vraiment, c'était de repartir à Montréal passer l'été avec Grand-Pierre, mais accompagné d'Emma. À chaque fois que j'avais émis l'idée jusque-là, ils m'avaient toujours répondu qu'elle était trop petite, ou que ça ferait trop pour Grand-Pierre, ou que c'était une histoire d'hommes, mes voyages là-bas. Ce n'était pas qu'une histoire d'hommes, c'était aussi une histoire de famille et chaque moment que j'ai passé là-bas, j'avais envie de le partager avec ma petite sœur, autrement qu'à travers le fil-de-frère, qui marche aussi très bien d'un continent à l'autre, et même avec le décalage horaire, mais ce n'est pas du tout la même chose que d'être ensemble, vraiment ensemble. Ils ont fini par accepter, et Grand-Pierre aussi. Alors cet été-là, au début du mois d'août, on a pris l'avion elle et moi, tous les deux tout seuls, pour la première fois de notre vie, et on est partis au Canada.

Depuis notre apéro vert et bleu, Charlotte continue à me parler. Pas tellement, mais quand même beaucoup plus qu'avant, ce qui n'est pas très difficile, vu qu'avant, elle ne disait pas un mot. C'est toujours au détour d'une fleur, ou au coin d'un buisson. La première chose importante qu'elle m'ait dite, c'est : « J'ai une nièce très gentille qui s'appelle Joséphine. Elle vient me voir, maintenant. Ça me fait extrêmement plaisir. » Je lui ai répondu que je vois très bien qui c'est et que je la trouve très jolie et toujours très bien habillée. Je lui ai expliqué que moi, j'aimerais que ma petite sœur vienne me voir mais que pour le moment, Victor n'était pas d'accord. « J'ai aussi un petit frère, c'est le père de Joséphine. Mais il est beaucoup plus jeune que moi. » Elle s'est arrêtée pour réfléchir, comme si elle cherchait le nom de son frère. Et puis elle a repris sa marche en répétant : « Beaucoup, beaucoup plus jeune que moi. Il n'était pas né je crois… » Je ne savais pas de quoi elle voulait parler, et je n'ai pas osé lui poser la question. Parce que je n'aimerais pas que les gens du château m'en posent, à moi, des questions.

Hier, on était assis sur un banc devant le parterre d'azalées, elles sont magnifiques, on dirait des petits arbustes de toutes les couleurs, du blanc éclatant au rouge presque violet – zinzolin, on pourrait dire. Elle a soupiré : « Je suis là depuis très longtemps, vous savez. Quel âge avez-vous ? » J'ai dû réfléchir et calculer avant de lui répondre que j'ai vingt-quatre ans. « Exactement comme Joséphine. Elle a vingt-huit ans. Et moi, j'avais vingt et un ans. » Ce n'est pas possible qu'elle vive au château depuis ses vingt et un ans, vu qu'elle en a au moins quatre-vingts : elle doit avoir une notion du temps un peu personnelle. « C'est à cause de ce voyage. C'était très dur, la Norvège, vous savez. Vous avez voyagé, Max ? »

J'ai commencé à répondre : « Oui, bien sûr, au Québec avec mon grand-père », mais je n'ai pas pu continuer. J'ai senti une lame de grand froid me remplir en un instant et je me suis retrouvé transi. Pétrifié. Glacé au plus profond de moi, comme avant. Je ne savais pas quoi faire ; en fait je ne pouvais rien faire. Charlotte a bien vu que quelque chose n'allait pas, mais elle ne s'est pas rendu compte à quel point je me sentais mal. Elle m'a laissé me taire, comme d'habitude.

Je ne sais pas combien de temps il m'a fallu pour reprendre mes esprits, mais petit à petit, mon grand froid s'est réchauffé. Nous avons tranquillement fini le tour des fleurs et je suis rentré m'allonger sur mon lit pour essayer de comprendre ce qui s'était passé. Je n'ai rien compris du tout.

Sur la table devant la fenêtre, le cahier dans le sac en papier kraft semblait me dire « vas-y, c'est le moment ». Je me suis assis. Je l'ai sorti du sachet : un beau cahier à spirale, avec une couverture en carton, couleur carton. Je l'ai ouvert pour respirer les pages : elles sentaient bon, comme les fournitures scolaires le jour de la rentrée des classes. D'un beau blanc crème tout lisse, sans lignes, sans marge, sans rien, exactement comme j'aime. Et à côté, les crayons à papier avec leur mine bien taillée, presque brillante.

Je n'ai pas pu. J'ai refermé le cahier, je l'ai remis dans son papier kraft et j'ai attendu d'arrêter de trembler. Je me suis dit que je devrais en parler à Victor, mais finalement, pas question : il est à deux doigts de me permettre d'inviter Emma, et j'ai trop peur qu'il change d'avis.

Dès qu'on est arrivés au Québec, ma sœur a annoncé la couleur : bien sûr qu'on allait filer dans le bois et sur le fleuve, mais elle n'avait pas passé toutes ces heures dans l'avion pour se retrouver dans la nature, comme des sauvages, sans visiter Montréal et profiter aussi de la ville, des concerts, des musées, des magasins, des marchands de glace, des cinémas. Et surtout, surtout, elle avait la ferme intention de découvrir à quoi avait ressemblé l'enfance de notre mère dans cette maison et dans ce quartier, puisqu'elle ne nous en parlait jamais.

Emma ne nous a pas laissé le choix, en appliquant la fameuse méthode de la « petite tornade » que je connaissais par cœur et que Grand-Pierre, en débutant qu'il était, a été bien incapable de contrer. Ça a commencé dans le hall d'entrée de la maison :

– Moi, je m'installe dans la chambre de maman.

– Voyons donc, je t'ai préparé la chambre d'en haut, en face de celle de ton frère, comme ça vous serez côte à côte.

– On n'a pas besoin d'être côte à côte, on est dans la même maison. Je prends la chambre de maman.

– Pas sûr qu'elle serait d'accord…

– Elle n'est pas là. Et puis elle n'a pas remis les pieds ici depuis… depuis quand, déjà ? Alors je pense qu'elle n'a plus son mot à dire. Non ?

Fin de la partie. Emma m'a suivi dans l'escalier jusqu'au palier du premier étage. Je l'ai accompagnée devant la porte de la chambre de ma mère, juste en face de celle de Grand-Pierre, sans lui dire que depuis que je venais ici je n'en avais jamais, jamais ne serait-ce qu'effleuré la poignée. Le fil-de-frère s'en est chargé. Elle m'a regardé avec défi, genre « même pas peur, même pas mal », et puis elle a ouvert la porte, comme si de rien n'était. C'est une jolie chambre aux murs blancs, enfin plutôt entre ivoire et coquille d'œuf, assez grande, éclairée par un bow-window qui donne sur les arbres du jardin d'en face. Un grand bureau est poussé contre la fenêtre. On aurait dit que notre mère était partie la veille : il était encombré de pots à crayons, à pinceaux, à ciseaux, de boîtes de gouache et de pastels, de sanguines, de papiers, de cahiers, de photos et d'images découpées dans les journaux. Comme l'atelier de Sophie, ou comme si on était à la maison : le désordre de ma mère, exactement le même que là-bas. Au mur, quelques photos, une petite fille qui ressemble à Violette mais comme elle était en couleurs, j'en ai déduit que ça devait être ma mère ; Grand-Pierre, sourire et tuque jusqu'aux oreilles, sur le pont d'un bateau entièrement recouvert de glace, je me suis dit qu'il faudrait que je lui demande où il était encore allé s'aventurer ; ma mère adolescente entourée de collégiens chahuteurs au bord d'une patinoire ; des cartes postales de tableaux de Rothko, Van Gogh, Schiele, les mêmes qu'à la maison. Et grand-mère Violette nulle part. Forcément.

Emma a ouvert l'armoire : elle était remplie de vêtements, de chaussures, des affaires de ma mère, comme si elle vivait encore là. Elle a dit : « Wouaaaaou. » Elle a pris un pull d'un très beau bleu un peu vert, entre canard et pétrole, ou peut-être sarcelle. L'a déplié et l'a tendu à bout de bras pour voir à quoi il ressemble, comme font les filles. Et elle a enfoui son nez dedans pour le renifler. « Il sent son odeur, je la reconnais. » Délicatement, elle a replié le pull, l'a reposé sur le haut de la pile et a refermé la porte de l'armoire. Elle s'est assise sur la courtepointe en velours groseille du grand lit de ma mère. Je me suis assis à côté d'elle.

– C'est bizarre, hein ? Comme si tout s'était arrêté. Comme si elle était morte.

Je n'ai rien répondu mais j'ai senti une décharge de peur partir dans le fil-de-frère, que je n'ai pas pu retenir. Elle a levé les yeux au ciel.

– Du calme ! J'ai pas dit qu'elle était morte, j'ai dit « comme si ». Elle est partie quand, d'ici, déjà ? Tu sais, toi ?

– En 80 je crois.

– Juste avant de rencontrer papa. Ils sont tombés amoureux et paf, elle n'est jamais revenue. Sauf pour l'enterrement. Et encore, c'est même pas sûr qu'ils aient couché ici. C'est quand même très étrange, non ?

Je ne savais pas. Et je ne savais pas si je voulais savoir. Je me suis demandé si c'était une bonne idée, finalement, d'être venu à Montréal avec Emma. Elle allait mettre nos vacances avec Grand-Pierre sens dessus dessous. Mais peut-être que c'était le moment ? Peut-être que dans le fond, c'était pour ça que j'avais eu envie qu'elle vienne avec moi ?

En allumant la lampe de chevet, Emma a découvert, punaisé au mur derrière l'abat-jour, un petit papier jauni manuscrit, tout griffonné. Elle s'est approchée pour le déchiffrer.

– Ça alors…

– Quoi ?

– Écoute : *A noir, E blanc, I rouge, U vert, O bleu : voyelles, je dirai quelque jour vos naissances latentes…*

– Il nous poursuit, on dirait.

– Regarde, elle a souligné la fin : *O, suprême clairon plein des strideurs étranges, silences traversés des mondes et des anges : O l'Oméga, rayon violet de ses yeux !*

– C'est beau, mais c'est un peu spécial.

– Tu savais que maman aimait Arthur Rimbaud ?

– C'est les couleurs, qu'elle aime.

– Les couleurs, et les garçons un peu spéciaux. Et depuis longtemps, on dirait.

Elle souriait, triomphale. Moi, c'était ma sœur, que j'aimais. Énormément.

– Vous êtes Max ?

Ce matin, je me promenais dans le parc, vers la forêt de bambous, j'aime bien le bruit qu'ils font quand le vent les secoue on dirait des anges qui se frottent les ailes, et tout d'un coup la nièce de Charlotte était là devant moi avec un grand sourire et une splendide robe soyeuse, rose pourpre à pois vert amande.

– Et vous, vous êtes Joséphine.

– Exactement ! Charlotte m'a chargée de vous inviter à prendre l'apéritif avec nous, si vous êtes libre, bien entendu.

– Je vais me libérer.

Elle m'a regardé, un peu interloquée, sans savoir si elle devait rire ou garder son sérieux. J'ai fait l'espèce de grimace stupide qui faisait marrer Emma quand elle était bébé, mais comme Joséphine n'est ni Emma ni un bébé, ça n'a pas marché. J'ai seulement eu l'air complètement ridicule. Je ne savais plus quoi dire ; elle a proposé : « On y va ? » Je l'ai suivie en me taisant, c'était plus prudent. Charlotte nous attendait sur sa terrasse. Elle avait tout préparé pour l'apéro, et sorti la chaise de son bureau – la même que la mienne, les chaises sont pareilles dans toutes les chambres – pour qu'on puisse s'asseoir tous les trois. Elle a dit : « Quelle couleur ? » Joséphine a choisi grenadine. Moi j'ai pris orange pour changer, et Charlotte a pris myrtille, comme d'habitude. On a parlé de tout et de rien, surtout Joséphine qui a expliqué qu'elle habite à Strasbourg, c'est pour ça qu'elle ne peut pas venir souvent, mais elle doit bientôt déménager à Paris, ça sera plus pratique. Elle dit que ça lui fait toujours du bien de rendre visite à Charlotte qui a l'air de beaucoup m'aimer, et que c'est chouette qu'elle se soit fait un ami au château.

– On ne se connaît pas depuis très longtemps.

– Oui mais ça suffit pour devenir amis. Vous êtes le premier ami que j'ai depuis que je suis ici, Max. Mon premier ami en soixante ans, ça se fête. Vous reprenez un peu d'orange ?

– Volontiers, merci Charlotte. Vous vivez ici depuis soixante ans ?

– C'est les premières années qui ont été longues, mais maintenant ça va. Surtout depuis que Joséphine vient me voir.

Comme je ne savais pas du tout quoi répondre, j'ai siroté mon orange sans rien dire. C'était la fin de l'été dans le parc, tout était parfait. Je me suis dit que c'était un bel endroit pour passer toute sa vie mais que moi, un jour, je m'en irai d'ici. À ce moment-là, Charlotte a poussé un grand soupir et a dit tout doucement :

– Je n'ai pas envie d'expliquer toute l'histoire, mais puisque vous êtes mon ami, j'aimerais bien que vous la connaissiez. Joséphine, s'il te plaît, tu pourras raconter à Max ce qui m'est arrivé, pendant que je me repose, après le déjeuner ? Comme ça, ce sera fait.

Elle nous a gratifiés d'un large sourire bleu avant de reprendre une rasade de myrtille.

Pendant la sieste de Charlotte, Joséphine m'a retrouvé sur le banc près du cyprès, j'aime bien cet endroit parce qu'il y passe un petit courant d'air parfait quand il fait chaud en plein été. Elle a demandé en soupirant : « Bon, par où commencer ? » J'ai compris son embarras. C'est compliqué, parfois, de commencer. Pour être honnête, je n'étais pas très sûr de vouloir entendre l'histoire de Charlotte, mais puisqu'elle avait demandé qu'on me la raconte, j'ai écouté quand même, en me disant que si j'en avais assez, je fermerais les écoutilles en prenant l'air poli et Joséphine ne se rendrait même pas compte que je ne serais plus là. Elle m'a d'abord expliqué qu'elle connaissait Charlotte depuis seulement trois ans. Avant, elle savait qu'elle existait mais elle ne l'avait jamais rencontrée. Il faut dire que dans sa famille, on n'a pas beaucoup parlé d'elle.

Joséphine savait que son père avait une sœur beaucoup plus âgée que lui, à qui il était arrivé quelque chose de très grave dans sa jeunesse, une sorte d'accident, quand il était encore tout petit. Mais elle n'imaginait pas que sa tante était internée dans « ce genre d'établissement » – c'est comme ça qu'elle a dit, j'ai bien vu qu'elle a fait attention de ne pas utiliser des mots qui pourraient me blesser – depuis toutes ces années. Elle croyait que sa tante était dans le coma, ou quelque chose comme ça. Un beau jour, son père lui a demandé de l'accompagner pour rendre visite à Charlotte. Elle a été stupéfaite de découvrir cette jolie vieille dame étrange, gourmande et drôle. Elle imaginait plutôt une sorte de morte-vivante, transformée en légume et branchée à plein de tuyaux. Elles se sont aimées tout de suite et depuis, Joséphine vient régulièrement la voir au château.

Charlotte ne lui a jamais rien raconté de sa vie, Joséphine a dû enquêter dans sa famille pour reconstituer son histoire mais elle n'a pas trouvé grand-chose. Seulement que juste après la guerre, Charlotte avait vingt ans. Comme Mouna. C'était une jeune fille instruite et cultivée, qui voulait voir le monde. On lui a trouvé une famille en Norvège, qui cherchait une répétitrice pour enseigner le français et l'anglais aux enfants. Elle est partie là-bas avant d'être rapatriée d'urgence, quelques mois plus tard. « Un vrai drame. Il semble qu'elle soit tombée amoureuse du père de famille. Ça s'est très mal terminé. »

Quand Joséphine a commencé à parler de « décompensation », de « bouffées délirantes », de « sidération », j'ai préféré décrocher. J'ai continué d'entendre, mais sans écouter. Je n'ai pas eu envie de savoir comment le chagrin d'amour de Charlotte a viré à la catastrophe. Et quand elle a dit « électrochocs », j'ai carrément arrêté d'entendre. C'était trop pour moi.

J'ai laissé Joséphine parler encore un long moment, en prenant garde qu'elle ne se rende pas compte que je m'étais caché. Et puis petit à petit, la musique de sa voix est revenue jusqu'à mes oreilles. Elle semblait moins terrible, alors je l'ai laissée entrer à nouveau. « Toute la famille a honte d'elle, et moi j'ai honte pour eux. Ils l'ont abandonnée, ni plus ni moins. Rayée de la carte. Elle dit qu'elle est là depuis soixante ans, mais elle se trompe. Elle est internée depuis soixante ans, mais ça doit faire seulement une vingtaine d'années qu'elle est arrivée au château. Même si maintenant, ici, sa vie est douce, je crois qu'elle a vécu l'enfer. »

Je voudrais voir Emma.

Nous avons préparé tranquillement nos paquetages pour partir sur le fleuve dès le surlendemain de notre arrivée, après avoir promis à Emma que nous reviendrions assez tôt pour profiter de Montréal avant de reprendre l'avion pour Paris. Bien entendu, elle avait glissé dans son sac le pull bleu-vert-canard-pétrole de notre mère dans lequel elle s'est blottie chaque fois qu'elle a pu, sous le regard toujours attendri de Grand-Pierre. Il nous avait concocté un itinéraire qui ressemble à une chanson de Pierre Lapointe ou de Richard Desjardins.

Je me souviens de tout, paroles et musique. Les choses me reviennent, ces derniers temps, les images, les odeurs, les couleurs. Des centaines de mots qui se bousculent.

Un soir, j'en avais plein la tête, je me suis installé à mon bureau, devant la fenêtre. J'ai ouvert le cahier de Victor, et ça y est, c'était le moment. C'est venu tout seul, sans forcer : j'ai écrit ce voyage, pour ne plus jamais l'oublier. En choisissant chaque mot, comme pour une chanson. Ou un tableau.

Nous avons descendu le fleuve vers Trois-Rivières. Gueuletonné à Portneuf, au pied du rapide Richelieu. Croisé au large des îles de Montmagny avant de passer Cap-à-l'Aigle pour arriver à Tadoussac, là où l'estuaire maritime est large et salé comme une mer intérieure. Près du cap Enragé, des phoques par centaines. Et puis Mitis, Matane, demi-tour vers Baie-Comeau, direction Rimouski. On est rentrés en se faisant pousser par le courant, marée après marée. Grandes-Bergeronnes, Rivière-du-Loup. Un mouillage à l'ancre à l'abri de l'île du Pot-à-l'eau-de-vie, et Saint-Jean-Port-Joli, l'île d'Orléans, Neuville, l'île Saint-Quentin et les îles de Sorel.

Il y a eu des petits matins suspendus dans la splendeur de l'aube, juste avant que les oiseaux commencent à discuter et nous tous les trois sur le pont, emmitouflés dans nos duvets, suspendus avec eux. Les plages de galets gigantesques, comme une armée de colosses d'un autre monde. Des bleus, des gris, des blancs, des verts, des brouillards de couleurs sans nom. Les arrivées paisibles dans les marinas et les engueulades affolées pour des manœuvres maladroites. Les ordres inquiets de Grand-Pierre, les cris effrayés d'Emma et tout qui finit bien mais on a eu très peur, et la manière dont on refait l'histoire, le soir à l'apéro, en se marrant comme des fous. Il y a eu des soirées entières à jouer sur les mots, ceux d'ici et ceux de là-bas ; des parties sans fin, inracontables, à propos de pelleteux de nuages et de grande noirceur, de glace noire, de glace bleue, de glace blanche, de sloche graisseuse et de sloche mouillée, de poudrerie et de bordures universelles…

Il y a eu des festins de pétoncles et de poissons fumés, des inventions délicieuses de fond de frigo, des chefs-d'œuvre de pain doré. Les mouillages sauvages, et les poissons qui sautent par dizaines autour de la coque, au crépuscule orange et rose, et puis bleu profond et vert fluo, pour gober les maringouins géants. Le ronronnement des cargos dans la nuit, qui enfle, qui enfle jusqu'à ce que surgisse tout d'un coup le monstre tranquille, aveugle, sourd, qui secoue notre sommeil sans même s'en rendre compte, et s'éloigne comme il est venu. Le silence qui suit, quand tout reprend sa place. Les nuits sur le fleuve. Les couchers de soleil et les levers de lune.

La beauté. La beauté…

C'était comme la chanson de Fred Pellerin, que Grand-Pierre écoute en boucle : *On est au commencement du monde, le rideau s'ouvre sur la terre, l'aube se lève, la rosée tombe comme au théâtre, il faut se taire.* On s'est beaucoup tus, tous les trois ensemble, mais c'est comme si on avait parlé des heures et des heures.

De temps en temps, le soir, Emma qui ne perd jamais le nord tentait une petite incursion en terre interdite. En faisant très attention que ça ne le rende pas triste, elle se débrouillait pour que Grand-Pierre nous raconte sa Violette. Le jour où elle est arrivée à l'école, et tout le monde se moquait de son accent. Comment il l'avait trouvé joli, lui, son accent, aussi joli qu'elle qui venait de France, le pays des « maudits cousins » dont il n'avait pas très bien compris, à l'époque, s'il fallait les aimer ou les détester. Il a dit que ce qui lui avait plu tout de suite, chez Violette, c'était son étrangeté. Comme si elle ne venait pas seulement d'un pays différent, mais aussi d'une planète lointaine, très lointaine, même qu'il a passé toute sa vie à essayer de l'explorer.

– Elle ne parlait presque pas. Un peu comme toi, Max. Moi ça m'intriguait, et ça me plaisait, bien plus que toutes ces placoteuses qui fatiguent les oreilles... Je ne dis pas ça pour toi, ma belle Emma.

Il lui a appris à tenir sur des patins à glace. Et puis sur des raquettes, sur un vélo, et même sur ses pattes, on dirait.

– Elle ne savait presque rien faire avec son corps. À peine courir, à peine bouger. Ce n'était pas une danseuse comme toi. C'était un petit oiseau tout magané, à qui personne n'avait appris à voler.

– Mais pourquoi ?

– Je le sais pas. Elle ne m'a jamais raconté comment elle vivait en France, ni ce qui s'est passé pour elle là-bas. Mais c'était la guerre, tu sais. Elle a dû voir des choses épouvantables.

– Et ses parents ?

– Ses parents, je ne les ai pas connus. Je me souviens vaguement du moment où ils sont morts. Violette ne pleurait pas, n'en parlait pas. J'ai compris qu'il fallait que je la laisse tranquille avec ces affaires-là.

– Mais quand ses parents sont morts, elle est allée à l'orphelinat ?

– Non. Elle a continué à vivre dans la maison de Montréal. Ils avaient tout organisé. Je pense qu'ils étaient assez riches. Il y avait Madeleine, une Française, merveilleuse, qui s'est très bien occupée d'elle, un peu comme une deuxième maman.

– Tu la connaissais toi Madeleine ?

– Bien sûr. Quand on s'est mariés, elle est restée vivre avec nous, au deuxième étage. C'était chez elle, en haut. Je n'ai jamais rencontré une personne aussi douce et joyeuse. À part peut-être votre Mouna, vois-tu ? D'ailleurs elle me fait beaucoup penser à Madeleine, Mouna.

– Qu'est-ce qu'elle est devenue ?

– Elle est rentrée en France quand votre mère avait cinq ans, à peu près, pour s'occuper de son père qui ne pouvait plus vivre seul. Et puis elle est morte quelques années plus tard.

– Elle n'a jamais eu de mari ? Ni d'enfant ?

– Elle avait Violette. C'était comme sa fille.

J'ai bien vu par le fil-de-frère qui crépitait tant et plus qu'Emma avait encore des milliers de questions à propos de Violette, et de notre mère. Mais j'ai tout fait pour retenir le flot de sa curiosité, et ça a marché. Quand quelqu'un met autant d'énergie que Violette à cacher des choses de sa vie, on doit bien réfléchir avant de les découvrir. Et si Grand-Pierre a passé toutes ces années sans savoir comment aider sa Violette à parler, ce n'était pas à Emma de venir tout bouleverser. Du moins pas d'un seul coup, comme ça, sans réfléchir. Je me suis dit qu'on comprendrait un jour, peut-être. Et encore, je n'en étais pas sûr. Et je n'étais pas sûr non plus que ce soit si indispensable.

… Et puis on est rentrés à Montréal. À la voile. Je voudrais refaire ce voyage : arriver dans la ville par le port, au milieu des cargos et des milliers de containers de toutes les couleurs et de toutes les destinations. Passer sous le pont Jacques-Cartier pour suivre la Voie Maritime qui file vers les Grands Lacs, et atteindre l'écluse Saint-Lambert. Attendre son tour derrière un monstre panaméen hors d'âge, dont la peinture écaillée dessine sur la coque la carte rouillée d'un monde imaginaire. Et s'engager avec un voilier minuscule mais vaillant dans cette énorme écluse noire comme l'enfer prévue pour des géants en ayant l'impression qu'elle va nous engloutir… Accoster, enfin, comme des explorateurs, saouls de tous ces bonheurs, et si heureux d'être ensemble. Rêver de repartir, un jour. Bientôt.

Comme nous l'avions promis à Emma, nous avons passé les dix derniers jours de nos vacances à Montréal. Grand-Pierre avait loué des vélos pour nous, et nous a fait arpenter la ville dans tous les sens, en nous expliquant l'histoire de chaque quartier, mais aussi celle de Jacques Cartier, de Samuel de Champlain et du Québec, du Canada, des États-Unis. On a pédalé le long du canal de Lachine, visité le parc olympique, monté et descendu Sainte-Catherine et Saint-Denis des dizaines de fois, visité le vieux port et ses musées, les églises gigantesques aux dorures invraisemblables, les allées chics de Westmount et les abords multicolores du marché Jean-Talon. On s'est régalés de jus de bleuet, de glaces à la canneberge et de muffins à la carotte, on a dévoré des hot-dogs « comme dans mon enfance » et d'énormes pizzas dignes des pires séries américaines. On a grimpé au Mont-Royal pour admirer la ville d'en haut, au milieu des vapeurs de la brasserie Molson. Et le soir, deux ou trois fois, on a dégoté des petits bars à peine éclairés où on écoute chanter des artistes pas encore connus en buvant de la bière brassée dans l'arrière-cour. J'ai adoré aussi découvrir ce Montréal-là, que je ne connaissais pas. C'était grâce à Emma.

Un matin très tôt, Grand-Pierre a chargé les vélos dans le coffre de son vieux break, et comme ça dépassait, il a bricolé tout ça avec une bonne vieille corde à bateau et quelques nœuds marins et puis il a dit :

– En route pour Rivière des Prairies.

– Y a quoi là-bas ?

– Tu verras, Emma. Tu verras.

On a roulé une grosse demi-heure sur l'autoroute. Grand-Pierre a garé sa voiture dans un joli nulle part dont il a le secret, au bord d'une rivière. Je suis sûr qu'il n'aurait pas fallu beaucoup le forcer pour qu'il raconte que c'est là qu'il a appris à faire du canot avec un oncle quand il était petit, ou bien qu'il venait y camper avec ses chums les fins de semaine après le collège, ou bien qu'il y a demandé Violette en mariage, ou bien qu'il a appris à notre mère à marcher sur la glace avec des raquettes... Partout où on va autour de Montréal, Grand-Pierre a une histoire à raconter.

On a déchargé les vélos et on est partis pour une longue balade le long de la rivière. On était presque arrivés au bout de l'île de Montréal quand on a bifurqué à droite. Au détour d'un sentier, on s'est retrouvés devant une immense raffinerie, des tuyaux, des cuves, des cheminées, de la vapeur et des flammèches qui jaillissent très haut dans le ciel.

– C'est beau en maudit, non ?

Même Emma n'en revenait pas que notre Grand-Pierre si amoureux des sauvageries de la nature s'arrête pour admirer un spectacle aussi industriel. Pourtant, il suffisait de prendre le temps de regarder, comme il faisait pour les rapides et les clairières, les arbres et les lumières du fleuve : il avait raison, c'était magnifique.

– Il faut voir ça l'hiver, dans la noirceur et les vapeurs gelées. C'est de toute beauté.

– Promis, Grand-Pierre. On reviendra.

– Mais c'est ailleurs que je veux vous emmener tantôt.

On s'est remis à pédaler, jusqu'à ce qu'on arrive dans un parc. Un parc immense, rempli d'arbres hauts et tranquilles, sûrement très vieux. Au sol, l'herbe était si verte et si dense qu'on avait l'impression que c'était de la moquette, et qu'on avait envie d'enlever ses souliers pour y marcher pieds nus. Sans dire un mot, Grand-Pierre a posé son vélo contre la barrière de l'entrée. J'ai mis le mien contre le sien, et Emma a suivi le mouvement. Plus personne n'avait besoin de parler, simplement de musarder en silence dans ce parc si beau.

C'est Emma qui m'a prévenu par le fil-de-frère, elle a vu avant moi ce qui nous avait échappé en arrivant : un peu partout, des petites stèles de pierre sortaient de terre, briquées ou recouvertes de mousse, bien droites ou toutes penchées. En m'approchant d'un arbre, j'ai vu aussi, planté dans le sol et presque enfoui sous la belle herbe verte, un gros pavé en granit noir gravé d'un nom et de deux dates. Ce parc était un cimetière ! Un endroit incroyable comme il n'en existe pas chez nous, un cimetière-forêt très paisible et très vert où les gens viennent se promener et se reposer. Une petite brise faisait frissonner les feuilles des arbres, à peine, et tout d'un coup, nous n'avions plus chaud. Nous étions juste bien, remplis de calme et de silence, comme entre parenthèses.

Grand-Pierre s'est dirigé vers un arbre, je crois que c'était un érable. Il a dit : « Voilà, c'est icite. » Et il a posé sa grande main sur le tronc, comme s'il retrouvait un ami. Emma s'est assise au pied de l'arbre en y appuyant son dos et sa tête. Elle a enlevé ses sandales pour glisser ses pieds dans l'herbe douce. Elle n'avait pas vu la stèle, cachée au milieu d'une touffe de graminées. Une stèle en granit rose pâle, au sommet arrondi. J'ai écarté les herbes pour lire les noms gravés dessus :

Anne et André Fabre
29 juin 1900 – 16 juillet 1947

Violette Fabre-Bourgeois
29 juin 1934 – 16 juillet 1997

Ma petite sœur s'est approchée pour lire elle aussi.

– Je ne savais même pas qu'elle s'appelait Fabre, grand-mère.

Des petites boucles de cheveux collaient sur ses tempes, comme quand elle rentrait de la danse. Elle parlait calmement, mais je sentais qu'à l'intérieur elle bouillonnait. Grand-Pierre l'a sûrement senti aussi. Comme quand Mouna vérifiait si on avait de la fièvre, il a posé sa grande paluche sur son front avec une délicatesse infinie. Ça n'a pas suffi.

– C'est bizarre, les dates.

– Oui.

– Ses parents, ils sont nés le même jour tous les deux ?

– On dirait que oui.

– Et elle, elle est née le même jour qu'eux, mais trente-quatre ans plus tard.

– C'est ça.

– Et ils sont aussi morts le même jour.

– Voilà.

– Et grand-mère est morte le même jour qu'eux, mais cinquante ans plus tard.

– Exactement.

J'ai utilisé le fil-de-frère pour lui demander de s'arrêter. C'était trop de questions pour Grand-Pierre, il avait les yeux remplis de larmes. Mais elle ne m'a pas écouté. Elle lui a pris la main, et elle a continué, en mettant une tendresse infinie dans sa voix.

– Grand-Pierre, si tu nous as emmenés ici, c'est parce que tu voulais qu'on voie cette pierre tombale ?

– Je voulais vous montrer où est votre grand-mère. Je viens la voir de temps en temps.

– Mais toutes ces dates c'est quand même très bizarre, non ?

– Oui. Mais je ne peux pas vous dire grand-chose de tout ça à part ce que je sais, et c'est peu.

– Dis toujours...

– Les parents de Violette sont nés le même jour tous les deux, leur fille est née elle aussi un 29 juin. Je pense qu'il n'y a rien de mystérieux là-dedans, à part un drôle de hasard.

– Mais pour leur mort ?

– Là, c'est beaucoup plus triste. J'ai découvert en m'occupant des affaires de Violette, après sa disparition, que ses parents n'étaient pas du tout morts au printemps, d'un accident de glace, comme on l'a toujours conté. En réalité, ils se sont noyés dans les rapides de Lachine, l'été 1947.

– Ils étaient en bateau ?

– Non. Je crois qu'ils se sont jetés dans l'eau. Ils se sont suicidés en la laissant toute seule.

Emma s'est rapprochée de Grand-Pierre pour le prendre dans ses bras. Par le fil-de-frère, elle m'a dit « viens aussi », mais je n'y arrivais pas. La grosse voix de mon grand-père est devenue toute fluette et il a dit très bas, entre deux sanglots :

– Et ma Violette a fini par les rejoindre, au même endroit, et le même jour. Je n'ai pas réussi à la retenir.

J'ai fait un pas vers eux. Emma m'a attrapé le bras pour m'aider à me coller et on s'est serrés tous les trois, longtemps.

On a fini par arrêter de pleurer. On s'est assis contre l'arbre, et on est restés là, tranquillement, sans bouger. Grand-Pierre et Emma ont même dormi un peu. Moi, j'ai fermé les yeux et je voyais toutes sortes de couleurs défiler à toute allure sous mes paupières. Et puis à un moment, tout a ralenti et petit à petit, le mélange de toutes ces couleurs est devenu blanc, mais pas un blanc vide ; un blanc profond, fort comme une lumière.

Quand j'ai rouvert les yeux, à quelques pas de nous, juste en face de notre arbre, j'ai vu passer un animal gracieux, très léger. Je crois que c'était une biche. Je n'en ai pas parlé aux autres quand ils se sont réveillés.

Victor a accepté. Elle va venir me voir. J'ai l'impression que mon cerveau va exploser. Impossible de dormir. Je pense à elle tout le temps, tout le temps. Des musiques, des images, des rires, des souvenirs de toutes les couleurs. Ça défile, ça défile sans que je puisse les arrêter. Je la vois bébé, je la vois petite fille, je la vois grande et puis en train de dormir sous l'arbre du parc-cimetière. Après, je ne la vois plus du tout. C'est le trou noir. À part cette image de quand elle m'a amené ici avec cet homme. Une jeune femme très belle aux cheveux très courts. Je sais que c'est elle mais je ne la connais pas. Je ne la connais plus.

J'avais décidé de le faire et je sais que j'aurais dû, mais je n'ai pas réussi à demander à Victor ce qui m'est arrivé. Ni quand, ni comment, ni pourquoi. Ni pendant combien de temps. C'est depuis le voyage à Montréal, je crois. Non, je ne crois pas, je suis sûr. Il s'est passé un truc après la biche dans le parc-cimetière mais je n'arrive pas à retrouver quoi. En fait, ce n'est pas tout à fait vrai : la vérité, c'est que je n'arrive pas à avoir le courage d'y retourner, pour voir. Je sais que mes souvenirs sont tout près, mais je ne veux pas y aller. C'est trop dangereux.

C'est trop dangereux.

Si moi j'avais dix-huit ans, elle en avait treize. Maintenant, j'en ai vingt-quatre, et elle dix-neuf. Six ans. Qu'est-ce qui a bien pu nous arriver, pendant toutes ces années ? Et qu'est-ce qui va rester de nous ? J'ai peur, j'ai très peur d'y penser. Et puis je recommence à avoir froid, tellement froid. Elle va me raconter, peut-être. Je ne sais pas si j'en ai envie. J'espère qu'on va se taire. Se retrouver et se taire, le temps de refaire connaissance.

Je me souviens du fil-de-frère, la dernière fois. Il était faible mais il marchait encore. J'espère que ça sera comme avant. Encore mieux, si ça se trouve.

Encore mieux, je ne crois pas que ce soit possible.

Le soir d'avant le retour, nous étions tous couchés, mais j'ai entendu ses pas de petite souris dans l'escalier. Les marches qui mènent au grenier ont craqué. Je me suis levé pour la rejoindre, je savais que je ne pourrai pas l'arrêter, mais je me suis dit que si j'étais avec elle, il ne pourrait rien arriver de vraiment grave. À travers l'œil-de-bœuf, la lumière du lampadaire de la rue éclairait d'une lumière très blanche le bazar entassé au fil des années. La première image qui m'est venue quand j'ai passé la porte ressemblait trait pour trait à la scène du cahier indigo, quand la petite fille fouille dans le grenier avant d'être poursuivie. Et j'ai senti la fumée-sorcière entrer en moi, dégouliner le long de ma colonne vertébrale, avant de filer en un éclair le long du fil-de-frère. Emma a sursauté et s'est retournée vers moi. « *Brrr*, ça faisait longtemps qu'on l'avait pas vue, celle-là. » Elle n'avait même pas l'air d'avoir peur. À part le noir, je me suis demandé s'il existait quelque chose, dans tout l'univers, qui puisse réellement effrayer ma tornade de petite sœur. Je n'ai toujours pas trouvé.

Elle avait ouvert la valise remplie de dessins, mais n'avait pas encore trouvé les photos.

– T'as vu comme ils sont beaux ?

Ils étaient magnifiques. Elle tenait dans ses mains un pastel orange, rose, rouge, violet, qui semblait vouloir exploser ; je ne sais pas comment expliquer, il était à la fois très sauvage et très doux. Vivant. Palpitant. Elle avait posé à côté d'elle une série de portraits au crayon, grimaçants et tendres, et ça m'a fait penser aux gens qu'on regardait passer quand on s'installait sur les bancs des jardins de Paris. J'ai senti de tout mon corps à quel point ces dessins ressemblaient à notre mère, mais nous ressemblaient à nous, aussi.

– Regarde, ça doit être les parents de Violette. Et elle, on dirait maman, en encore plus triste.

Elle était arrivée au fond de la valise. Je ne me souvenais plus qu'il y avait aussi des photos d'eux, sans doute parce qu'à l'époque, je ne savais pas qui ils étaient.

– Ils sont tellement beaux. Tu as vu comme ils se tiennent la main serré ?

C'était devant la maison, en hiver. Anne et André collés l'un à l'autre et Violette enfant, blottie contre sa mère. Ils essaient de sourire au photographe, mais personne n'y croit. Ils ont l'air d'être frigorifiés, malgré leurs gros manteaux et leurs tuques en fourrure.

– Et celle-là, tu la connais ?

– Oui.

– Tu ne m'en as jamais parlé…

Violette, Montréal, janvier 1947. Tout le malheur du monde dans le regard de cette petite fille, qui ressemble à notre mère, à qui Emma ressemble tellement, à part les yeux. Et la joie.

– C'est l'hiver d'avant leur suicide. Comment des parents peuvent faire ça à leur fille ?

Je ne savais pas quoi lui répondre. Je voulais seulement refermer cette valise et qu'on aille se coucher. Je voulais ne pas avoir vu ces photos, et le chagrin, le malheur, la peur.

– C'est comme s'ils l'avaient abandonnée.

– Mais non, puisqu'il y avait Madeleine.

– Madeleine, c'est pas pareil.

– Ils n'ont sûrement pas pu faire autrement. Parfois, on ne peut pas faire autrement, Emma. Même si c'est cruel ou injuste. C'est comme ça.

On est allés se coucher. On était trop grands pour dormir dans le même lit, alors on s'est lovés par le fil-de-frère, chacun dans sa chambre. Elle a mis du temps à s'endormir. Moi, j'ai passé une bonne partie de la nuit à empêcher la fumée-sorcière d'arriver jusqu'à elle. J'ai réussi, mais au matin, j'étais épuisé.

Et puis on a pris l'avion pour rentrer à la maison.

Je l'ai attendue dans le parc, du côté des magnolias. Comme il fait super beau, je me suis allongé dans l'herbe et j'ai regardé passer les nuages pour ne plus réfléchir. Ça n'a pas marché, bien sûr, mais j'étais quand même beaucoup plus calme que cette nuit. J'avais mis mon gros pull chocolat, c'est le plus chaud que j'ai, histoire d'avoir un peu moins froid. J'étais embarqué dans les cumulus et les cumulonimbus quand je l'ai sentie s'approcher. Mon cœur s'est mis à battre à toute allure. J'ai fermé les yeux et tout d'un coup, tout est devenu rose. Rose et blond, comme avant, avec des nuages duveteux remplis de joie. C'était bizarre, comme si le fil-de-frère était un peu encrassé après toutes ces années. Il m'envoyait des bouffées d'elle, en pointillés. C'était bon, c'était bon. C'était booon !

Emma.

Des larmes se sont mises à couler de mes yeux et à remplir mes oreilles, rien de bien méchant. Elle a glissé sa main toute chaude dans la mienne, très froide, et j'ai compris qu'elle s'était allongée à côté de moi. On est restés comme ça, longtemps, couchés dans la prairie, histoire de laisser le fil-de-frère reprendre du poil de la bête. C'est venu lentement, par à-coups : de la peur ; de la joie ; de la peur ; de la joie. De la joie. De la joie.

Au bout d'un long moment, on s'est assis et on s'est regardés, un peu. J'ai vu que ma petite sœur est devenue une jeune femme très belle, avec les yeux verts de Mouna, délavés d'inquiétude. Ses cheveux ont repoussé, mais ils sont encore assez courts. Elle a fini par approcher sa main de ma joue pour me caresser très tendrement et là j'ai senti la chaleur d'amour m'envahir, comme la première fois que je l'ai prise dans mes bras. Alors je l'ai reprise dans mes bras, on s'est serrés très fort, j'ai respiré son odeur et je l'ai reconnue, on s'est mis à pleurer comme deux imbéciles, on sanglotait, et je ne sais pas comment nos sanglots se sont transformés en un énorme fou rire. J'ai reconnu aussi son rire. Il m'a tellement manqué.

Emma.

Emma.

Tout d'un coup, j'ai eu beaucoup trop chaud, j'ai enlevé mon gros pull, on a continué à rire comme des fous, le temps d'être capables de se regarder tranquillement dans les yeux. J'ai repris sa main. Elle a dit « Max » et j'ai reconnu aussi sa voix. Tout s'est calmé à l'intérieur de moi.

On n'a parlé de rien, même par le fil-de-frère. Pas la peine. Pas le moment. Je lui ai fait faire le tour du parc. Je lui ai montré mon mur outremer, et l'établi où je fais ma pâte à sel, par la fenêtre de l'atelier-chapelle parce qu'il est fermé aujourd'hui. On a croisé Charlotte, qui m'a fait un petit signe de la tête pour dire qu'on se parlerait un autre jour. Je lui ai fait sentir les roses-fruits, elle s'est penchée pour les respirer en fermant les yeux, comme elle faisait quand elle était petite, au moment où on sortait le gâteau du four. Et puis la matinée a été terminée, et elle est repartie.

Elle a dit que Victor était d'accord pour qu'elle revienne très bientôt, et très souvent. Elle m'a promis qu'elle le ferait. Je l'ai regardée s'éloigner dans l'allée, et j'ai senti sa chanson me remplir petit à petit par le fil-de-frère. *Et je ne sais pas si jamais cœur aima aussi fort que moi…* Elle s'est retournée pour me faire un petit signe. Je crois qu'elle a entendu.

Après, j'ai remis mon gros pull chocolat parce que j'ai recommencé à avoir très froid.

On a fait escale à New York, parce que c'était moins cher qu'un vol direct. À peine avions-nous atterri qu'on redécollait pour traverser l'océan ; juste le temps d'apercevoir par le hublot les autoroutes qui grouillent de voitures-fourmis, les tours de Manhattan et le pont de Brooklyn, comme dans les films. Emma s'est endormie. Pas moi. C'était la bagarre dans ma tête. Pas moyen d'expulser la fumée-sorcière qui prenait de plus en plus de place, heure après heure. Elle était de plus en plus grosse, de plus en plus laide, de plus en plus menaçante. Elle dansait comme un tourbillon qui accélère et qu'on ne peut plus arrêter. Et puis d'autres gens ont commencé à apparaître, et à envahir l'avion. J'ai reconnu Anne et André, engloutis dans leurs gros manteaux, que la fumée-sorcière a entortillés dans son sillage et qui se débattaient, plus ils résistaient et plus elle les emprisonnait, plus elle les emprisonnait et plus ils se débattaient.

Violette, petite comme sur la photo, est arrivée en pleurant. En hurlant même, elle était terrorisée par ce sale monstre qui était en train de lui voler ses parents.

Elle s'est attaquée à lui à mains nues, comme font les tout petits enfants quand ils se battent en fermant très fort les poings pour taper devant eux, dents serrées, pour faire peur à l'adversaire.

À ce moment-là, une vieille femme que je ne connaissais pas est entrée dans le tourbillon. Une Indienne, comme sur les beaux tirages exposés dans le musée du Vieux Montréal. Il m'a fallu un moment pour me rendre compte qu'elle avait le visage de Grand-Pierre. J'ai compris que c'était sa grand-mère. Adélie, la grand-mère de l'enterrement, avec les Indiens dans le fond de l'église. Pendant un moment, j'ai cru que c'était elle, la fumée-sorcière, mais non. Elle, c'était une fumée alliée, qui affrontait le monstre dans un combat terrible, un peu comme l'énorme tempête qui a ravagé la France, une fois, entre Noël et le 1er janvier. Le ciel était tellement noir qu'il était presque violet, les nuages faisaient des nœuds à toute allure et le vent s'est mis à souffler avec une force phénoménale, il a déraciné les arbres et arraché le toit des maisons, en dévastant tout sur son passage. Il y a même eu des morts.

C'était affolant et c'était exactement ça qui se passait dans ma tête pendant qu'on traversait l'océan. La fumée-sorcière comme un ouragan qui envahit tout, qui aspire tout, qui dévaste tout et on ne peut rien empêcher.

Sauf qu'en plus, la guerre est arrivée.

Des obus des chars des explosions des hurlements des chiens qui aboient des bruits de bottes des mitrailleuses des exécutions des bombardements des gens qui courent des gens qui pleurent des porte-avions des défilés des massacres des gens qui fuient des uniformes des fusils des bombes de la fumée partout des incendies des assauts des lance-flammes des bazookas des enfants cachés des morceaux de corps des sirènes d'alerte la terreur interminable des avions de chasse dans le ciel des foules affolées des regards de barbares des revolvers des monceaux de cadavres des barbelés du sang des blessés des crachats des foules qui hurlent de la haine de la peur

Et au centre, comme un nombril, la fumée-sorcière qui ricane, aussi violette que les nuages de la tempête, qui prend Anne et André et puis Violette, et puis qui n'arrive pas à attraper la grand-mère Adélie de Grand-Pierre mais qui envahit tout mon cerveau, plus un espace de libre pour respirer.

Et Mouna qui débarque au milieu de tout ça, très jeune et très belle, avec un bébé dans les bras. J'essaie de la prévenir mais elle ne m'entend pas, elle avance, elle avance, elle s'enfonce dans la guerre et puis elle disparaît dans la fumée comme si elle ne s'était rendu compte de rien. Comme si tout était calme autour d'elle et qu'elle partait se promener avec son bébé.

Et tout d'un coup ma mère est là elle me regarde et ses cheveux blanchissent en un instant ses yeux se vident et elle se met à hurler comme quand elle se met en colère et les mots sortent de sa bouche en furie comme un torrent de lave ou de boue qui s'emmêle avec la fumée-sorcière on ne sait plus qui sort de qui elles sont toutes mélangées et finalement c'est la fumée qui gagne et qui l'aspire. Je ne veux pas qu'elles prennent Emma.

Je ne veux pas qu'elles prennent Emma.

Aile de corbeau. Alizarine. Amarante. Ambre. Améthyste. Andrinople. Aniline. Anthracite. Auréolin. Azurin. Barbeau. Bis. Bistre. Cæruleum. Carbone. Carmin. Céladon. Céleste. Céruse. Cinabre. Colombin. Cramoisi. Cyan. Falun. Flave. Garance. Glauque. Grenat. Guède. Incarnat. Jais. Malachite. Mordoré. Nacarat. Opale. Orpin de Perse. Ponceau. Prasin. Smaragdin. Tangerine. Turquin. Viride. Zinzolin.

Je faisais ça quand ça n'allait pas, autrefois. La liste de toutes les couleurs bizarres, en essayant de ne pas en oublier. Par ordre alphabétique, et après par ordre chromatique, pour faire comme un arc-en-ciel.

Cyan. Azurin. Céleste. Cæruleum. Opale. Glauque. Prasin. Malachite. Smaragdin. Flave. Ambre. Auréolin. Orpin de Perse. Incarnat. Nacarat. Tangerine. Mordoré. Falun. Andrinople. Amarante. Carmin. Ponceau. Alizarine. Cinabre. Cramoisi. Garance. Zinzolin. Colombin. Améthyste. Barbeau. Turquin. Céruse. Guède. Céladon. Viride. Bis. Bistre. Anthracite. Carbone. Jais. Aile de corbeau. Aniline.

Ça me calmait, mais je ne me souviens plus très bien. J'en ai oublié, et je suis certain que je me suis trompé dans l'ordre. Il faudrait que je m'y remette.

Que je demande à Sophie de m'aider. Je ne suis pas très sûr qu'elle comprendrait mes histoires de listes. Sophie, elle aime mieux faire que dire. À tous les coups, elle me proposerait des pinceaux ou des crayons et ça, pas question. Je ne peux pas. Je préfère m'en tenir aux mots.

C'est un énorme travail, les couleurs. Il faut être très concentré. Je crois que je pourrais en remplir tout le cahier de Victor. Un chapitre de jaunes, un chapitre de bleus, un chapitre de verts, un chapitre de rouges… Et puis les blancs, les noirs, les pigments compliqués. Je préfère me souvenir de ça que du reste.

Je ne veux pas me souvenir du reste.

Elle s'est réveillée juste avant l'atterrissage avec un grand sourire.

– J'ai dormi comme un bébé.

Elle m'a regardé avec inquiétude pendant que je faisais tout ce que je pouvais pour empêcher la guerre de s'engouffrer dans le fil-de-frère.

– Ça va Max ? T'as dormi, toi ?

Évidemment que non, je n'ai pas dormi. Je n'ai pas dormi parce que la guerre est déclarée et je ne sais pas comment faire pour qu'elle n'aspire pas Emma comme elle a aspiré tous les autres, à part la grand-mère Adélie.

– Houlaaa, on dirait pas. T'as l'air complètement explosé. Ça plus le jet-lag, tu te prépares un retour d'enfer.

J'ai essayé de ne rien dire de ne rien faire de ne pas penser. Si je ne pense pas, si je ne parle pas, ça ne sort pas de mon cerveau et ça n'arrive pas dans sa tête à elle. Fermer les yeux. Ne plus bouger.

Retenir la guerre.

On a fait la queue pour sortir de l'avion, les hôtesses faisaient une drôle de tête et je me suis dit que c'était peut-être parce qu'elles voyaient, elles, ce qui était en train de se passer dans ma boîte crânienne et que ça allait bientôt déborder et envahir la planète tout entière et même peut-être provoquer la fin du monde. J'ai baissé les yeux pour qu'elles ne puissent pas entrer par là. Dans la salle des bagages, le tapis roulant a pris un temps fou pour se mettre en marche et les gens parlaient tout bas comme s'il s'était produit quelque chose de très grave, comme s'ils étaient tous en train d'assister à la guerre qui explosait dans mon cerveau à cause de la fumée-sorcière mais personne ne s'approchait de nous et Emma se collait à moi avec l'air de plus en plus inquiet. Heureusement nos sacs à dos sont arrivés et on a pu se diriger vers la sortie mais de l'autre côté de la vitre ça avait l'air encore pire tout le monde semblait affolé et il y avait même des gens qui pleuraient et ma mère au milieu.

Ma mère qui pleure à côté de mon père qui nous cherche sans nous voir.

Emma a murmuré : « On dirait que c'est la guerre », et je n'ai même pas osé ouvrir la bouche pour lui dire qu'il fallait qu'elle se taise. Que si elle disait ça, c'était comme si elle ouvrait le fil-de-frère et la guerre pouvait s'engouffrer pour la dévaster comme la tempête violette et après plus rien ne pourrait l'arrêter et ce serait même peut-être la fin du monde.

Ils se sont jetés sur nous comme si on était des rescapés. Ma mère pleure, mon père a l'air complètement perdu, Emma n'y comprend rien du tout, il n'y a que moi qui sais. Mon père commence à expliquer que Manhattan est en flammes, que des avions ont percuté les tours jumelles et qu'un avion de ligne s'est écrasé sur le Pentagone, et qu'ils ont eu peur qu'on n'atterrisse jamais, qu'on soit retenus là-bas, ou qu'il arrive quelque chose à notre avion. Il nous serre tous les trois et il m'embrasse les cheveux et il caresse la joue d'Emma en disant : « Dieu merci vous êtes là. »

Et puis il dit : « C'est la guerre. » Et je comprends que je n'ai pas réussi à garder mon cerveau fermé et que ça y est, la fumée-sorcière a envahi le monde pour le mettre à feu et à sang.

Après, je ne me souviens presque plus. C'est à ce moment-là que ma tête a été prise par les glaces, comme le Saint-Laurent. Sauf que l'hiver a duré très, très longtemps.

À la télé, on voyait les tours en feu et des gens qui se jetaient dans le vide et la fumée qui montait dans le ciel. La fumée-sorcière qui avait déclaré la guerre au monde entier.

Un médecin est venu. Emma pleurait. Mouna pleurait. Ma mère pleurait et mon père avait l'air grave des jours où il a une réunion importante. Il m'a emmené dans un hôpital. Un hôpital de guerre, mais sans blessés. Seulement des malades qui crient et qui pleurent ou qui dorment ou qui bavent ou qui tapent contre la porte pour qu'on les fasse sortir de là.

Moi, j'ai eu de plus en plus froid. Tout était de plus en plus lointain, les gens, les voix, les choses, les mots, les souvenirs, et aussi la guerre et la fumée-sorcière.

J'ai tout perdu de vue. Tout. Presque tout.

De temps en temps, Emma venait me voir mais je ne me souviens pas. Juste une silhouette, loin, très loin et moi congelé dans le grand froid. Ma mère aussi, et mon père. Et Mouna. Et même Grand-Pierre, une fois ou deux. Mais je ne pouvais pas les atteindre, j'étais pris dans la glace.

Il n'y avait rien d'autre à faire qu'attendre le dégel.

Victor ne s'est pas du tout affolé. Il se doutait bien que la visite d'Emma me secouerait. Je n'ai rien pu lui raconter mais il a compris. Les jours qui ont suivi, je ne pouvais plus sortir de ma chambre, comme au début. Il est passé me voir plusieurs fois en me disant des choses censées me rassurer avec une voix très tranquille. Il a parlé de « décompensation » et de « bouffées délirantes », comme Joséphine quand elle m'a raconté Charlotte, et j'ai compris que ma tête avait explosé en sortant de l'avion. Il a dit « à cause du 11 septembre ». J'ai demandé ce qui s'était passé le 11 septembre, et il m'a expliqué que des terroristes avaient attaqué le cœur de New York, le jour où nous sommes rentrés de Montréal. C'était en 2001. Il y a un peu plus de six ans.

Je n'en reviens pas. Je suis resté congelé tout ce temps, et je ne me souviens pratiquement plus de rien. En parlant avec Victor, j'ai découvert petit à petit à quoi avait ressemblé ma vie pendant toutes ces années. Il a dit que j'avais « changé d'établissement » deux ou trois fois. Et qu'on m'avait changé de traitement aussi, à plusieurs reprises, sans qu'aucun ne semble améliorer mon état. Il a parlé de « sidération » et de « sédation », je pense que tout ça a à voir avec ma congélation.

J'ai écrit des listes et des listes, dans le cahier de Victor. Les couleurs, par ordre alphabétique et par ordre chromatique. Tous les mots de pâtisserie, tous les noms de gâteaux, tous les ingrédients. Les paroles des chansons énervantes d'Emma et des chansons de quand on était petits. Les mots qu'on inventait.

Finalement, j'ai pu ressortir de ma chambre et reprendre mes tours de fleurs avec Charlotte. J'ai beaucoup marché dans le parc en essayant de remettre mes idées en place, et j'y vois enfin un peu plus clair dans ce qui s'est passé.

C'est seulement quand je suis arrivé ici que j'ai commencé à reprendre pied, tranquillement. Je me souviens que les premiers jours, le buisson d'hortensias devant la fenêtre de ma chambre était à peine en feuilles. Semaine après semaine, j'ai vu pousser les fleurs, par gros bouquets, d'abord verts puis roses et bleus et mauves et violets. J'avais l'impression de dégeler en même temps qu'elles fleurissaient. Et c'est exactement ce qui s'est passé, je crois. C'était les signes avant-coureurs de la débâcle.

La débâcle, c'est Grand-Pierre qui me l'a racontée, il y a très longtemps, mais je n'ai jamais pu y assister. Grand-Pierre, lui, comme il est sur place, il monte souvent dans le nord pour admirer le spectacle. Ça arrive vers les mois de mars ou avril, quand la glace qui recouvre les rivières et le fleuve commence à dégeler. Elle se disloque en gros morceaux, le courant les entraîne vers la mer et c'est le chaos, ils ramassent tout sur leur passage. Grand-Pierre dit que ça fait un bruit impressionnant, comme si la glace gémissait, et aussi un grondement qui enfle qui enfle, un peu comme le ronronnement des cargos qu'on entend arriver de très loin. Au moment où ils passent, ça fait un boucan du diable, et quand ils sont passés, c'est le silence.

Les jours après la première visite d'Emma, ma débâcle a vraiment commencé. Au fur et à mesure que je dégelais, tout gémissait en moi et des gros morceaux se détachaient pour partir je ne sais où.

Emma est revenue, souvent, comme promis. Au début, je me taisais pour ne pas lui faire peur. Je ne voulais pas qu'elle arrête de venir, ou que Victor dise que ça serait mieux d'attendre. Elle, elle se taisait parce qu'elle avait peur que je regèle. Pourtant, il n'y a rien à craindre mais je pense qu'elle ne le sait pas. Grand-Pierre n'a pas dû lui expliquer : quand la débâcle est commencée, rien ne peut l'arrêter.

Pour la rassurer, je lui envoyais des couleurs et des bouffées de joie par le fil-de-frère. Je me servais des fleurs qu'on contrôlait tous les matins avec Charlotte, c'est très facile à visualiser et c'est très pratique pour dire que tout va de mieux en mieux. Au début, elle n'a pas très bien saisi parce qu'elle avait perdu l'habitude, je pense. Et puis c'est revenu, on a recommencé à se parler beaucoup sans les mots. Au moment où je me suis demandé si elle mesurait combien ça m'avait manqué, elle a répondu presque immédiatement qu'à elle aussi. Énormément.

Après, les choses ont repris leur cours et le fil-de-frère a recommencé à crépiter. Doucement au début, et puis de plus en plus vite, de plus en plus vif, comme quand on était petits. Mieux, même, parce qu'il y avait cet éclat nouveau qui rend les couleurs plus profondes, plus intenses, plus puissantes.

Emma a commencé par me raconter des choses pas dangereuses : comment elle est en train de devenir danseuse professionnelle et que ça la rend très heureuse. Sa rencontre avec Ttotte, le type qui l'accompagnait le jour où elle m'a emmenée ici, il est basque espagnol et j'adore comment elle prononce « tiotié », on dirait un baiser ; l'inquiétude des parents quand ils l'ont vu débarquer avec ses dix ans de plus qu'elle, et comment il les a amadoués. « Remarque, je ne connais personne qui n'aime pas Ttotte. C'est vraiment un mec d'enfer. » J'ai pensé qu'il n'avait pas intérêt à être infernal avec elle, autrement il aurait affaire à moi, et elle a éclaté de rire en disant : « T'en fais pas, je sais me défendre. »

Ttotte est un journaliste qui a interviewé Emma parce qu'il faisait une enquête sur la « génération Mitterrand ». Il connaissait une copine d'Emma à qui elle avait expliqué que mon père et ma mère se sont rencontrés sur la place de la Bastille, le soir du deuxième tour des présidentielles en 81. Je ne sais pas comment Emma a appris ça : moi, je suis sûr qu'ils ne me l'ont jamais raconté. Mais tout le monde lui raconte toujours tout, à elle. Il s'est dit que ce serait parfait pour son enquête, une histoire d'amour qui commence le 10 mai 1981. Il a donné rendez-vous à Emma et finalement, c'est leur histoire d'amour à tous les deux qui a commencé ce jour-là. Il l'aime, alors je l'aime aussi. Elle a l'air d'être très heureuse avec lui. Ils vivent ensemble depuis un an. J'adore l'éclat des couleurs qui envahissent le fil-de-frère quand elle parle de lui, de leurs copains, des grosses fiestas qu'ils organisent de temps en temps où tout le monde se déguise n'importe comment et raconte n'importe quoi. Pour ça, on peut faire confiance à Emma : elle doit tous les battre à plate couture.

Elle m'a dit aussi qu'ils sont devenus amis avec Gilles, mon chef pâtissier, et sa femme Isabelle, dont ils ont fait la connaissance. Que Gilles n'avait jamais cessé de s'inquiéter de moi et qu'il était impatient de me revoir. Et de me reprendre chez lui, même, si j'en ai envie. Au moment où elle m'a dit ça, les îles-aux-trésors, les soirs-d'orage les coups-de-foudre et les crépuscules-d'amour se sont décongelés dans ma mémoire. J'ai senti mes doigts s'impatienter et ma salive frétiller sous ma langue. Bien sûr que j'en avais envie. J'espère seulement qu'il y aura encore une place pour moi quand le moment sera venu.

J'ai bien vu qu'elle avait plein d'autres trucs à dire, mais qu'elle n'osait pas à cause du dégel. Je n'osais pas tellement lui demander non plus. J'ai quand même un peu peur de ce qui pourrait se produire dans mon cerveau quand je laisserai entrer les choses dangereuses.

Finalement, c'est elle qui s'est lancée.

– Je suis vraiment contente de t'avoir emmené ici. C'est Ttotte qui en avait entendu dire beaucoup de bien. Les parents ne voulaient pas, tu sais ? Je me suis bagarrée avec eux, ça a été terrible. Quand j'ai dit que j'allais prendre un avocat pour les obliger à te changer d'endroit, ils ont abdiqué.

– Vous vous êtes réconciliés ?

– Oui oui, ne t'en fais pas. Ils sont très heureux que tu ailles mieux, ils n'y croyaient plus du tout. Ils disent que c'est un miracle.

– Les miracles n'existent pas.

– Je sais. Mais si ça les arrange d'y croire…

Je me suis mis d'accord avec Victor : c'est moi qui déciderai quand le moment sera venu de revoir mon père et ma mère. Et pour l'instant, ce n'est pas le moment du tout. Ni Mouna et Grand-Pierre. Moi, ce que je veux, c'est retrouver les mots qu'on dit avec la bouche, et attendre que tout ait bien fondu dans ma tête et que tout rentre dans l'ordre après la débâcle. Pas un petit ordre de surface. Un vrai ordre en profondeur, où chaque chose importante retrouve sa vraie place. Et ça, ça prend du temps. C'est pour ça que je suis au château.

Je me suis lancé à mon tour. Je lui ai demandé de me raconter ce qui s'est passé après le 11 septembre, pour elle et pour moi. « Tu es sûr ? Tu ne crois pas que… » J'ai dit que oui, j'étais sûr. Et que je crois que ce qui rend fou, ce n'est pas ce qu'on dit mais ce qu'on ne dit pas.

Alors elle m'a raconté que quand mon père a dit « c'est la guerre », dans le hall de l'aéroport, elle a senti très distinctement le fil-de-frère disjoncter, quelques secondes avant que je disjoncte aussi. « Comme un fil électrique qui explose, tu vois ? » Je me suis mis à hurler des choses incohérentes à propos de la fin du monde, de la fumée-sorcière, des grands-mères et de la mort. Je voulais m'enfuir en courant mais mon père m'a retenu, et puis les policiers sont arrivés, ils ont cru que j'étais un terroriste, c'était la panique à cause de ce qui se passait à New York, finalement ils ont compris que j'étais en pleine crise et ils ont appelé le médecin de l'aéroport qui m'a fait une piqûre pour me calmer. Les parents m'ont ramené à la maison, mais dès que la piqûre a arrêté de faire son effet j'ai recommencé à m'agiter alors mon père a téléphoné à Jiji, son copain médecin urgentiste, qui lui a dit de m'emmener directement aux urgences psychiatriques. Voilà comment ça a commencé.

– Ils ont dit que ça allait durer quelques jours et puis que tu allais reprendre pied mais en fait, ça a duré six ans. À chaque fois qu'ils baissaient la dose de médocs tu repartais en vrille. Les parents ont essayé plusieurs fois de te changer d'endroit, et de médecin, mais il n'y avait pas moyen. Tu étais coincé dans ta putain de guerre…

– Tu sais, je n'étais pas vraiment mal. J'avais seulement très froid. Et je me sentais très seul.

– Oui mais nous on ne le savait pas, puisque tu ne disais plus rien du tout, même à moi. Même sans mots. À un moment, je me suis demandé si tu me reconnaissais encore.

Elle parlait tranquillement mais des larmes coulaient au coin de ses yeux. J'ai senti comme un chien qui me mordait le ventre, mais elle m'a souri et elle a caressé ma joue avant de s'essuyer le nez avec le revers de sa main comme quand elle était petite. Le chien a lâché prise.

– T'en fais pas, ça va maintenant. Mais j'ai eu une sacrée peur, quand même. Surtout que j'étais toute seule avec eux qui étaient complètement découragés. Maman a redégringolé, tu penses bien. Des jours à pleurer enfermée dans son atelier, la pauvre Mouna qui ne savait plus à quel saint se vouer, papa désespéré de les voir dans cet état et de ne rien pouvoir faire pour toi…

– T'as pas dû rigoler.

– Tu m'étonnes. Je l'ai sentie passer, ma crise d'adolescence.

J'ai cru que c'était un sanglot qui l'empêchait de continuer, mais j'ai vu dans ses yeux qu'elle riait. Ça m'a fait rire aussi. Et tout d'un coup on ne pouvait plus s'arrêter. Un fou rire à s'en faire péter les abdos, à ne pas pouvoir reprendre notre souffle, ni prononcer un mot sans repartir encore plus loin dans notre enfance, dans nos délicieuses absurdités, dans nos histoires sans queue ni tête.

La joie. La joie d'Emma.

Elle m'a aussi raconté l'histoire de Ttotte. Elle a dit : « Tu vas voir, c'est une histoire de fous », et puis elle a rougi, elle était affreusement gênée, ça m'a fait rigoler. C'est comme quand on rencontre un aveugle et qu'on lui demande : « Tu vois ce que je veux dire ? » ou un manchot à qui on dit « les bras m'en tombent ». Quand elle m'a raconté, effectivement, les bras m'en sont tombés. Je ne me souviens pas vraiment du déroulement, mais *grosso modo*, Ttotte est né au Pays basque espagnol, et il a été abandonné à la naissance dans un orphelinat de bonnes sœurs qui lui ont trouvé des parents adoptifs. Il a grandi dans cette famille plutôt sympa, mais quand il a été ado, il a eu envie de connaître l'identité et l'histoire de ses « vrais » parents.

C'est là que ça a commencé à se corser avec son père et sa mère adoptifs. Ils refusaient de lui dire quoi que ce soit. Comme Ttotte voulait vraiment savoir, il s'est mis à enquêter et c'est comme ça qu'il est devenu journaliste, finalement. Il a découvert un énorme scandale national, une histoire dingue de bonnes sœurs qui avaient organisé un trafic de centaines de bébés, et il s'est rendu compte que ses parents naturels n'étaient pas morts et que si ça se trouve, ses parents adoptifs l'avaient acheté.

J'avais envie de ne pas entendre la suite de l'histoire et de me cacher à l'intérieur de moi mais j'ai senti par le fil-de-frère, qui m'envoyait des bonnes grosses bouffées de poussière d'angoisse, que c'était d'autre chose qu'elle voulait me parler.

– Il a rencontré ses vrais parents ?

– Oui, et moi aussi. Je les connais. Ils sont super sympas.

– Et il parle encore à ses parents adoptifs ?

– Ils ne se sont jamais autant parlé...

Ben voyons. Je ne l'avais pas vue venir, mais là, tout d'un coup, c'était cousu de fil blanc...

– Ttotte ne pouvait pas admettre que les gens qui l'ont aimé et élevé soient des monstres acheteurs d'enfant. Alors une fois passée la première colère, il a cherché comment il pouvait comprendre, et continuer à les aimer.

Bien joué ! Ma petite tornade préférée était en train de manœuvrer bien serré pour atteindre son objectif, en oubliant seulement que je la connaissais par cœur, même après six ans passés au congélateur. Elle a ajouté :

– Ça a pris du temps, mais finalement, ils y sont arrivés. Tout le monde va mieux, maintenant.

– Même les parents voleurs d'enfant ?

– Surtout eux. Ils n'ont pas volé Ttotte, ils l'ont adopté en croyant qu'il était orphelin. Ce n'est jamais aussi clair et simple que ça, comme toujours dans les histoires de famille.

J'ai bien compris qu'elle avait autre chose à me dire, et qu'elle voulait me parler de nos histoires de famille à nous, mais quand j'ai voulu l'encourager à continuer, les mots se sont bloqués à l'intérieur de moi et j'ai commencé à grelotter. Immédiatement, un flot rose et blond a rempli le fil-de-frère tandis qu'elle posait sa tête dans mon cou.

– T'inquiète pas mon frérot. On a le temps.

Depuis qu'elle est partie, je me dis que c'est bizarre : Emma est ma petite sœur, mais là, c'est comme si elle était devenue l'aînée. Maintenant, c'est elle qui prend soin de moi.

J'ai fait un peu mieux connaissance avec Joséphine, dans des circonstances assez désagréables dont nous nous serions bien passées. Nous étions en plein tour de fleurs tous les trois, Charlotte, elle et moi, en nous taisant tranquillement. Joséphine non plus, elle n'a pas besoin de parler tout le temps, c'est très agréable et très reposant. On était devant le magnifique buisson de camélias qui commencent tout juste à fleurir, c'est assez rare, les plantes qui fleurissent à l'automne. Charlotte les inspectait minutieusement avec son air de petite fille émerveillée quand une femme a surgi devant nous et s'est mise à hurler des insanités en gesticulant dans tous les sens.

Ça arrive de temps en temps, au château, que des patients s'agitent et partent en crise. C'est pour ça que Charlotte et moi, nous passons le moins de temps possible avec les autres au réfectoire, au salon ou à la salle de télévision. On n'a pas très envie de les voir, ni de les entendre. Généralement, quand l'un d'entre eux pète les plombs, les infirmiers font ce qu'il faut et tout rentre dans l'ordre assez rapidement. Mais à l'extérieur, c'est plus rare et plus compliqué : il est grand, le parc.

Charlotte s'est immobilisée. Elle est devenue toute blanche et elle s'est mise à pleurer, presque sans bruit. Moi, j'ai voulu m'interposer mais j'ai senti mon sang se glacer en un instant et je n'arrivais plus du tout ni à parler ni à bouger. Plus la femme hurlait et plus Charlotte pleurait. Plus Charlotte pleurait et plus je grelottais. Je me suis dit ça y est, la fumée-sorcière m'a retrouvé et j'ai senti la panique m'envahir, en même temps qu'une grande vague de froid. Tout allait recommencer.

Joséphine est restée zen. Elle a expliqué très gentiment à la femme que bien sûr, elle comprenait qu'elle soit en colère mais qu'ici personne ne risquait rien et que tout allait s'arranger. Ça ne l'a pas du tout calmée, elle vociférait de plus en plus fort. Joséphine a posé sa main sur mon avant-bras.

– Max, vous voudriez bien ramener Charlotte jusqu'à sa chambre s'il vous plaît ?

Sa voix était si tranquille et si affectueuse qu'elle est entrée en moi comme une caresse. Une onde acidulée remplie de couleurs fraîches qui se sont mises à pétiller dans mon cerveau et qui ont commencé à dissoudre ma panique. Un peu comme un rayon de soleil qui réchauffe immédiatement. Ou comme le fil-de-frère, mais quand même très différent.

J'ai pris Charlotte par les épaules, le plus délicatement que j'ai pu, et je suis parti avec elle. Je la sentais trembler comme un petit oiseau affolé. J'ai réuni toutes mes énergies pour lui envoyer de la chaleur et de la consolation, et je crois que ça a marché. Plus on s'éloignait de la folle, plus je me sentais solide. Deux infirmiers sont sortis en courant du château et se sont dirigés vers les camélias, ça m'a rassuré pour Joséphine.

Finalement, on s'est assis à l'abri du vent, sur le banc à l'arrière du château, celui d'où on peut observer le crépuscule sur toute la campagne autour, loin, loin, on aperçoit même le clocher du village. On s'est réchauffés au soleil. J'ai pris la main de Charlotte. Elle s'est arrêtée de pleurer, puis de trembler. Du revers de son autre main, elle a essuyé son nez, exactement comme fait Emma. C'est à ce moment-là que je me suis rendu compte qu'elle aussi, je l'aime énormément. Elle a poussé un gros soupir, avant de murmurer :

– Ils criaient tellement, j'ai cru qu'ils allaient me rendre folle.

Elle fait souvent comme ça, Charlotte : elle parle de choses qu'on ignore, sans donner les clés pour comprendre. Ça ne me dérange pas, au contraire, c'est comme une sorte de poésie que j'aime bien.

Elle a ajouté, si bas que j'ai eu du mal à saisir :

– C'était très dur, la Norvège, vous savez.

On dirait qu'elle aussi a été prise par les glaces, mais que son dégel n'a jamais eu lieu. Ou alors tellement tard que c'était foutu pour le printemps…

Joséphine est venue nous retrouver en souriant tranquillement, comme si de rien n'était. Sa robe à fleurs capucine dansait dans le vent, on aurait dit un voilier gracieux qui rentre au port. Elle a posé une bise qui a claqué comme une bulle de savon sur la joue de Charlotte, et elle m'a caressé le bras. « Merci Max, vous avez été parfait. » Mon cerveau s'est remis à pétiller de toutes les couleurs. J'ai proposé : « Apéro ? » et elles ont applaudi en riant. Joséphine et moi, on a glissé chacun notre bras sous ceux de Charlotte. Et là, elle a commencé à chantonner. Au début, je n'étais pas bien sûr d'avoir reconnu la chanson, mais elle a pris de l'assurance, et elle s'est mise à chanter de plus en plus fort : *Quand il me prend dans ses bras, il me parle tout bas, je vois la vie en roooseee*... On l'a ramenée chez elle en riant et en chantant, et on a dilué nos émotions dans une orgie de sirops. Finalement, c'était une chouette journée.

À l'atelier de Sophie, vendredi, j'ai fabriqué une petite charlotte aux myrtilles. Une charlotte de consolation. Je l'ai emballée dans une papillote argentée et dimanche, à l'heure de l'apéro, j'irai l'offrir à Charlotte. Je suis sûr qu'elle sera enchantée. Je voudrais aussi fabriquer un cadeau pour Joséphine, mais je n'ai pas encore trouvé quoi.

Il me semble que je vais de mieux en mieux. Du coup, j'ai eu une grande conversation avec Victor. Je lui ai parlé de Charlotte et je lui ai dit que moi, je ne voulais pas rester prisonnier de ma catastrophe comme elle et que je suis très bien au château, mais pas question que j'y passe le reste de ma vie. Et que j'étais peut-être prêt à parler avec les parents, pour comprendre tout ce qu'il y a à comprendre, et continuer à s'aimer, comme dans la famille de Ttotte, au lieu d'avoir honte comme dans celle de Charlotte. Je lui ai demandé s'il pouvait nous aider à faire ça.

Il a dit oui. Mais que peut-être, d'abord, je devais prendre du temps avec Emma pour qu'elle m'explique ce qu'elle a découvert de notre histoire familiale. Il a proposé d'être présent pour nous aider à nous parler, elle et moi. On n'a besoin de personne pour se parler, avec Emma. Mais après réflexion, j'ai admis que ce serait bien qu'il ne soit pas trop loin le jour où ça se passera, au cas où ce soit trop difficile.

– D'accord, on va faire comme ça. Je vais l'appeler pour qu'on décide ensemble d'un jour où je suis sûr d'être là. Et on en reparle quand vous voulez, Max.

– Dites-lui de venir avec Ttotte, c'est mieux pour elle.

– Je lui dirai.

Depuis, le soir, j'ai du mal à m'endormir. Je sais que j'ai pris la bonne décision. C'est le moment. Je suis prêt. J'espère juste que mon cerveau va tenir le coup et que la fumée-sorcière et toutes ces sortes de choses ne vont pas reprendre le contrôle. Et après, j'espère que la guerre sera vraiment terminée.

Ils sont venus ce matin, il a fait un temps splendide. Dans le parc, les arbres commencent à jaunir et à brunir, ça me rappelle les fins d'été à Montréal, quand les buissons au bord des chemins deviennent rouge écarlate ou jaune vif en quelques jours. Hier, j'ai offert à Charlotte une petite charlotte au chocolat pour compléter sa collection. Et pour Joséphine, qui était là aussi, j'avais préparé une jolie tarte au citron meringuée très réussie, avec une attache derrière pour en faire une broche. Je crois que ça leur a vraiment fait plaisir, à toutes les deux. On a bu l'apéro après la sieste, pour avoir le temps d'être ensemble sans se presser. C'était un beau dimanche. Je savais qu'Emma et Ttotte seraient là aujourd'hui, et je me suis dit que tout était bien.

Je les ai attendus sous le cyprès. Je les ai vus arriver de loin, ils marchaient main dans la main et dans le fil-de-frère, quelque chose de très fort et de très beau est passé. Bleu, entre turquoise et émeraude, profond, dense, rempli de lumière et de chaleur. Je n'avais plus peur du tout. Emma m'a embrassé, et Ttotte aussi, c'était la première fois. La première fois de ma vie que j'avais un grand frère.

On s'est installés tous les trois sur les bancs du cyprès, en parlant de tout et de rien. À un moment, Ttotte a dit :

– Bon, moi je vais faire le tour du parc. Je vous laisse, mais je ne suis pas loin.

Il s'est levé. Il s'est penché vers Emma pour lui donner un baiser, très tendre, en posant la main sur sa nuque et puis il s'est tourné vers moi. Il m'a fait un clin d'œil, un sourire, et il est parti. J'ai regardé Emma, elle m'a regardé et sa chanson est arrivée dans ma tête. On s'est souri et elle a commencé à me raconter, tout doucement.

Elle a décidé de prendre les choses en main le jour de ses quinze ans. Elle en a eu marre que personne ne dise rien dans cette famille, notre père qui ne voyait jamais rien, notre mère qui se mettait tout de suite à pleurer, Grand-Pierre qui protégeait sa Violette comme si elle était encore là et Mouna qui faisait comme si elle ne comprenait pas. Alors elle a fait son enquête, sans l'aide de personne. Elle a commencé par fouiller l'atelier, méthodiquement, à chaque fois qu'elle se retrouvait seule à la maison. Elle a regardé tous les cahiers de toutes les étagères, l'un après l'autre. Ça lui a pris presque un an. Mais elle n'a rien trouvé. À part des dessins, évidemment.

– C'est incroyable le nombre de dessins qu'elle produit, et vraiment des beaux trucs. Mais jamais rien d'abouti, comme si elle se décourageait avant de terminer. Elle a un sacré talent, pourtant. C'est dingue qu'elle ne s'en rende pas compte, et qu'elle refuse d'exposer ou de publier…

Comme elle ne trouvait rien, elle s'est attaquée au salon. Elle a cherché des papiers, des photos, des coupures de journaux, des lettres, un indice de quelque chose qui aurait pu la mettre sur une piste. Mais rien. Alors elle a voulu partir à Montréal, pour fouiller la chambre de ma mère, et le grenier. Elle a dit qu'elle voulait aller voir Grand-Pierre mais ils ont refusé catégoriquement qu'elle reparte là-bas. Comme si mon pétage de plombs était contagieux et qu'ils avaient peur qu'elle l'attrape en y retournant.

Le Noël d'après, quand il est venu, elle a manigancé une grande balade à pied dans Paris avec Grand-Pierre pour essayer de lui extorquer des informations. Ils ont passé une journée formidable. Normal, c'est un super grand-père. Elle a fait très attention de ne pas trop le secouer, mais son objectif était de comprendre ce qui m'arrivait à moi, pour me sortir de là. Elle l'a emmené au Palais-Royal, dans le café où on allait tous les deux pour boire un *tchaï* quand il faisait trop froid. Ils se sont installés dans un coin bien tranquille, sur la banquette du fond, et là, elle l'a fait parler de Violette et de notre mère.

Grand-Pierre a commencé par le suicide d'Anne et André. Il n'a jamais su ce qui s'était passé, même s'il se doutait bien que ça n'était pas un accident. Mais Violette a toujours refusé d'en dire quoi que ce soit. C'était comme un pacte d'amoureux entre eux : pas question d'aborder le sujet, ni de leur mort ni de leur vie en France avant leur arrivée au Canada. Jamais. Comme il était raide dingue de sa Violette depuis le début, il a respecté le pacte. Et ils n'ont plus jamais, jamais parlé de ses parents. Ils se sont mariés très jeunes, ils se sont installés dans la maison de Montréal avec Madeleine, et ils ont eu un bébé tout de suite. Tout allait bien jusqu'à l'année de son cinquième anniversaire. Là, quelque chose s'est déglingué entre Violette et sa fille, et leurs relations sont devenues très difficiles.

J'ai dit à Emma que c'était exactement comme moi. Elle n'a pas eu l'air de comprendre, alors je lui ai raconté qu'ils ont toujours dit que j'étais devenu bizarre à sa naissance mais qu'en vérité, ce n'est pas ce qui s'est passé. C'est ma mère qui est devenue bizarre avec moi quand j'ai eu cinq ans. Vraiment très bizarre. Dure, lointaine, et parfois encore bien pire mais ça, je ne l'ai pas dit à Emma. Je n'ai pas non plus raconté les coups et les bleus, ni ce jour où j'ai failli mourir dont je ne veux surtout jamais jamais me souvenir. Ça servirait à quoi ? Même moi, j'ai du mal à admettre que ma mère pouvait faire des choses pareilles. Pendant longtemps, je me suis carrément interdit d'y penser parce qu'on ne pense pas ça de sa mère et que je sais que ce n'était pas de sa faute. Mais c'est quand même la vérité : quand elle était en colère, elle disait et faisait des choses atroces. Et même abominables, parfois.

J'ai seulement dit à Emma qu'à cette période, elle était devenue très très triste. Et que, une fois qu'elle était tombée enceinte, tout le monde avait dit que la grossesse me perturbait et qu'elle se faisait du souci pour moi. Mais tout le monde se trompait. Moi, j'étais perturbé parce que ma mère était perturbée. Je n'étais pas du tout jaloux du bébé, au contraire. Je ne sais pas ce que je serais devenu si Emma n'était pas arrivée !

Ma petite sœur m'a écouté sans rien dire. Elle avait l'air stupéfait. Je n'ai pas trop insisté sur mon enfance, parce que je voulais qu'elle finisse de me raconter ce qu'elle avait découvert ce jour-là, au Palais-Royal, en parlant avec Grand-Pierre.

Elle m'a expliqué que du coup, il s'était retrouvé coincé entre sa femme et sa fille, qu'il adorait toutes les deux. Il a passé les années suivantes à essayer de mettre de l'huile dans les rouages, à aider Violette à aller vers ma mère, et ma mère à aller vers sa mère, mais ça ne marchait pas. Violette était de plus en plus dure avec ma mère, que ça rendait de plus en plus malheureuse. Ça, j'étais bien placé pour le comprendre. Quand Grand-Pierre a proposé d'aller voir un psy pour les aider à trouver une solution, ça a fait un drame, Violette a menacé de les quitter et elle a dit qu'ils ne la reverraient plus jamais. Alors Grand-Pierre a refermé le dossier, il n'avait pas le choix.

Grand-Pierre a avoué que c'était épouvantable, pour tous les trois. Il pense que le problème de Violette, ce n'est pas qu'elle ne voulait pas, mais qu'elle ne pouvait pas parler. Comme si quelque chose de terrible l'en empêchait, et il ne savait toujours pas quoi.

Quand ma mère a eu seize ans, elle a voulu partir en vacances en France avec une bande de copains. Violette s'y est opposée formellement. Elle était terrorisée à l'idée que sa fille puisse mettre les pieds dans ce pays et ne voulait plus entendre parler de la France, mais sans donner aucune explication. Évidemment, plus elle a refusé, et plus ma mère a insisté. Leur relation déjà difficile s'est transformée en un conflit permanent, et la vie est devenue un enfer dans la maison de Montréal. Elles ne se parlaient plus du tout, sauf pour se disputer. Grand-Pierre était complètement dépassé par les événements et ne savait plus quoi faire. Ça a duré encore deux ans, et puis ce qui devait arriver est arrivé : l'été de ses dix-huit ans, ma mère a pris ses cliques et ses claques et elle a débarqué à Paris. Elle devait rester un mois, elle n'est jamais repartie.

Emma a découvert que la seule fois où elle est retournée à Montréal, c'était après ma naissance. Grand-Pierre l'avait suppliée de venir. Il ne pouvait pas imaginer que Violette ne connaisse pas son petit-fils et il espérait que ça les rabibocherait. Comme Violette refusait absolument de revenir en France, les parents ont fait le voyage avec moi, je devais avoir un an, à peine. C'est là qu'elles se sont reparlé, un peu. Mais dans le fond, elles ne se sont jamais retrouvées, ni réconciliées. C'est à cause de ça que Violette n'a presque jamais vu Emma, sauf en photo. Et une fois où mon père nous avait emmenés tous les deux avec lui, parce qu'il avait un congrès à Montréal, Emma devait avoir trois ou quatre ans. On y avait seulement passé un week-end. Emma pense que ma mère ne voulait pas qu'elle reste avec Violette sans la surveillance de mon père, même seulement quelques jours.

Plus elle racontait et plus j'avais envie de savoir la suite, pour comprendre. Avec beaucoup de précautions, elle m'a annoncé qu'à force de fouiller partout dans la maison, un jour, dans le salon, elle a fini par trouver une caisse.

– Tu as trouvé la caisse-cachée ?

– Comment ça, tu la connais ?

– Oui.

– Et tu ne m'en as pas parlé ?

– Tu étais trop petite, Emma. Et moi aussi. J'avais décidé d'attendre qu'on grandisse pour lire tous les cahiers. Et puis après, Violette est morte et maman allait mieux, j'ai préféré attendre encore, j'avais peur que ça fasse une catastrophe. Et après, le temps est passé, et après, tu sais bien ce qui est arrivé...

– C'était ça, le truc que tu me cachais ?

– Oui. La fumée-sorcière.

– Bien sûûûr, la fumée-sorcière. Quelle imbécile je suis ! Je n'avais jamais fait le rapprochement.

– C'est parce que j'ai fait très attention qu'elle n'arrive pas jusqu'à toi.

Je n'ai pas fait exprès, mais ma voix s'est coincée dans ma gorge et s'est mise à grincer :

– Je ne voulais pas qu'elle arrive jusqu'à toi, c'était trop dangereux.

– C'est pour toi que c'était trop dangereux de la garder, Max. Tu vois bien où ça t'a mené.

Elle s'est mise à pleurer. Je l'ai prise dans mes bras, et je l'ai laissée pleurer, parce que ça fait du bien. Par le fil-de-frère, je lui ai dit à quel point je la trouvais vaillante et courageuse d'avoir affronté ça toute seule, et que j'aurais aimé qu'on fasse l'enquête ensemble. Je lui ai envoyé du bleu-vert, comme tout à l'heure, très beau et très profond pour lui redonner de la force. Elle s'est calmée petit à petit, et puis elle a essuyé son nez avec le revers de sa main. J'adore.

– Tu sais Emma, si ça se trouve tu aurais explosé aussi et on se serait retrouvés congelés tous les deux. Pris dans les glaces pour toute la vie, comme Charlotte…

– Qui c'est, Charlotte ?

– Je t'expliquerai, une autre fois. Continue…

Elle a lu tous les cahiers, du jaune canari au violet foncé, en suivant l'arc-en-ciel. C'est l'histoire d'une sorcière horrible qui torture une petite fille de plus en plus, cahier après cahier. Comme si elle voulait l'empêcher de bouger, de parler, de respirer. D'être vivante, quoi. Comme si elle voulait l'enfermer dans un placard, une caisse, une boîte. Un cercueil. Plus la petite fille grandit, et plus la sorcière l'empêche de grandir. Plus l'histoire avance et plus les dessins des cahiers sont noirs, comme un tombeau qui se referme petit à petit sur la fille, jusqu'à l'étouffer.

– Je t'assure, c'est hyper bien dessiné et c'est vraiment flippant. On a l'impression d'asphyxier.

– Je sais.

– Elle est super douée, hein ?

– Oui. Mais elle est aussi super malheureuse.

– Ça, c'est sûr.

– Et comment ça se finit ?

Elle m'a raconté la fin du cahier violet, et j'ai eu un grand vertige, comme si je tombais d'une tour de cent dix étages : c'était exactement mon voyage de retour en avion, pratiquement mot pour mot. Le ciel violet de tempête, la fumée-sorcière qui aspire tout le monde comme un nombril, la peur, la guerre, l'horreur, l'enfer. La mort.

Quand Emma s'est tue, je ne me suis pas écrasé en bas de la tour mais j'avais le souffle coupé et le cœur qui battait à cent à l'heure. Elle m'a regardé avec un air inquiet.

– Ça va, Max ?

– Wouaaaaou.

– Max, t'es tout blanc…

– Non non, ça va. T'inquiète pas. Tu sais quand elle les a dessinés, ces cahiers ?

– Oui, c'est marqué à la fin. Elle les a dessinés en 84, pendant qu'elle t'attendait.

J'ai senti une douleur fulgurante dans ma poitrine, comme si on me plantait un couteau en plein cœur. C'est à ces horreurs qu'elle pensait, ma mère, pendant que j'étais dans son ventre.

Emma était tellement impatiente de raconter la fin de l'histoire qu'elle ne s'est pas rendu compte de ce qui m'arrivait. Je n'ai rien dit, je ne voulais pas lui faire peur.

– Et tu sais le truc tellement énooorme que je ne l'ai vu que des semaines après avoir lu les cahiers ?

– Non.

– Tu t'en souviens, des dessins ?

– Tu parles que je m'en souviens.

– Ils sont de quelle couleur ?

– Noirs. Tout noirs. Et de plus en plus noirs.

– Exactement. Mais la fumée-sorcière, elle est de quelle couleur ?

– Noire aussi.

– Non, souviens-toi. C'est la seule chose qui n'est pas noire. Ça ne t'a pas frappé ?

– Non.

– Remarque, moi non plus : j'ai mis un bail à m'en rendre compte. Mais figure-toi que la fumée-sorcière, dans tous les cahiers, tu pourras vérifier, elle est dessinée à l'encre violette.

Quand la cloche a sonné pour dire que c'était l'heure du déjeuner, je n'avais pas du tout envie de retourner avec les autres, dans le brouhaha du réfectoire. Emma m'a regardé avec un grand sourire.

– T'es d'accord pour que Ttotte mange avec nous ?

Comme par hasard, le beau Ttotte a rappliqué, sorti de nulle part. Lui aussi il avait un grand sourire, mais le regard inquiet. Quand il a vu nos têtes, il a paru très soulagé. Il a dit :

– Quelle histoire, hein ?

Emma a renchéri :

– Et encore, tu ne sais pas tout. Mais on a mérité une petite pause, non ?

On s'est installés dans l'herbe, pas loin de la forêt de bambous. De là, on ne voyait plus le château, un peu comme si on était partis en voyage. Ttotte a sorti un festin basque de son sac. Tomates fondantes au goût de fruits, jambon cru, pâté au piment d'Espelette, tomme de brebis fermière et confit de cerises noires, avec un petit coup d'irouleguy pour arroser tout ça.

J'ai senti mon cœur me faire un peu moins mal. Je me suis dit que si en plus il aimait bien manger, et qu'il savait où trouver ces merveilles à Paris, c'était sûr qu'on allait s'entendre comme larrons en foire, tous les deux. On a dégusté en silence, Emma et moi on était un peu sonnés. C'était bon, après tous ces mots, de se régaler sans rien dire, au milieu des arbres, des fleurs et des oiseaux.

Quand on a eu fini de déjeuner, Ttotte s'est allongé au soleil. Emma a posé sa tête sur sa cuisse pour s'allonger à son tour. Elle m'a dit : « Viens, on va faire la sieste » en tapotant son ventre avec sa main pour que j'y pose ma tête. Je me suis laissé faire. J'avais envie de vider mon cerveau et de désactiver un peu le fil-de-frère pour reprendre mon souffle. Je ne sentais plus qu'une toute petite pointe de douleur au milieu de mon cœur. On s'est endormis, tous les trois, en écoutant les anges battre des ailes dans les bambous.

Au réveil, Emma a sorti une grande boîte et une Thermos de thé de l'immense sac à fleurs qui ne la quitte jamais, en chantonnant d'un air gourmand : « On a une surprise pour toi... » J'ai reconnu tout de suite le carton à gâteau rose pétant de la pâtisserie de Gilles. Le grand modèle, pour les huit parts et plus. Elle l'a déposé sur l'herbe avec précaution et Ttotte l'a ouvert cérémonieusement. Il était rempli de petits-fours. J'ai retrouvé les îles-aux-trésors, les crépuscules-d'amour, les soirs-d'orage, les coups-de-foudre miniatures. Il y avait aussi d'autres gâteaux, que je ne connaissais pas, et même quelques mini-charlottes qui ressemblent diablement à celles que je fabrique à l'atelier de Sophie. Je ne vois pas ce qui aurait pu me faire plus plaisir. Ils étaient passés à la pâtisserie la veille, et Gilles les avait chargés de m'embrasser et de me dire qu'il m'attendait. Quand j'ai goûté les gâteaux, ça s'est confirmé : j'ai vraiment hâte de m'y remettre.

Emma m'a demandé si son Ttotte pouvait rester pour la fin de l'histoire, en ajoutant avec un air mystérieux que ce serait la moindre des choses, vu que c'était lui qui avait trouvé la pièce manquante. Ça m'a intrigué, évidemment.

En fait, ils se sont rencontrés juste après qu'elle eut découvert la caisse-cachée. Il est la première et la seule personne à qui elle en a parlé : elle n'a pas encore osé dire quoi que ce soit dans la famille, sur les conseils de Ttotte, qui pense qu'il faut attendre le bon moment. Mais pour ses dix-huit ans, il lui a offert un voyage à Montréal. Ils sont partis tous les deux, à la fin du printemps. Un peu après m'avoir installé ici.

Grand-Pierre les a emmenés faire une virée en bateau, comme de bien entendu. Juste un petit tour de quelques jours, pour vérifier que Ttotte a le pied marin.

– Qu'est-ce qu'il croit, le Grand-Pierre ? Tous les Basques ont le pied marin. Il serait même possible que ce soit eux qui aient découvert l'Amérique et le Canada, bien avant Christophe Colomb et Jacques Cartier, figure-toi. Nous avons eu de grandes conversations à ce sujet.

Ça ne m'étonne pas, Grand-Pierre est le roi des grandes conversations et il peut parler des heures et des heures de ces choses-là.

– Je lui ai expliqué qu'on cherchait toutes les informations susceptibles de t'aider, et il a accepté qu'on fouille la chambre de maman et le grenier.

Quand elle a dit « le grenier », mon cœur s'est remis à brûler et les images me sont revenues immédiatement, comme un film en accéléré.

Panique générale.

Ils n'ont rien trouvé dans la chambre, et ils ont failli ne rien trouver dans le grenier non plus. Ils étaient sur le point d'abandonner quand Ttotte a senti quelque chose sous son pied. Une sorte d'élasticité dans le plancher, comme s'il y avait le vide en dessous de cet endroit-là. Il a frotté pour enlever la poussière, et il a repéré un minuscule espace entre deux lames, à peine de quoi glisser le bout d'un doigt. Il a soulevé la planche et il a découvert, dans la cachette, un petit paquet soigneusement emballé dans du papier journal. C'est Emma qui l'a ouvert.

– Et je te le donne en mille, qu'est-ce que c'était ? Encore des cahiers. Deux.

– Des cahiers de maman ?

– Non. Des cahiers de Violette.

Elle a fouillé dans son sac à malices pour en ressortir une grosse enveloppe en papier kraft, du fond de laquelle elle a extirpé délicatement un paquet plié dans un très vieux journal complètement jauni.

– Vas-y doucement, ça date de 1945.

J'ai déplié le paquet avec précaution. Ça sentait la poussière et les vieux livres ; ça sentait le grenier de Montréal.

Le premier cahier avait une couverture bleu très foncé, avec une reliure un peu déchirée en toile sombre blanchie par le temps. Le deuxième était à spirale, très épais, gris presque noir. J'ai ouvert une page au hasard. Je suis tombé sur un dessin au crayon, simple et naïf, au trait extrêmement précis : le coin d'une fenêtre à travers laquelle on aperçoit un tout petit morceau de rue, l'angle d'une porte cochère, la roue avant d'un vélo posé contre un lampadaire. Sur la page d'après, il y avait une pomme découpée en quartiers disposée sur une coupelle ébréchée, à côté d'un petit tas d'épluchures. Et en dessous, écrit dans une jolie écriture sage : *Le cadeau d'anniversaire de mes huit ans. Merci Madeleine.* En feuilletant, j'ai découvert des visages. J'ai reconnu Anne et André, et puis des enfants, une étude de main, le portrait d'une poupée…

Je ne comprenais rien. Mon esprit était complètement nébuleux, comme si mon cerveau ne voulait pas traduire ce que mes pupilles lui envoyaient. Je sentais mon cœur se remettre à brûler, de plus en plus, et tout mon corps se remplir d'un immense chagrin, comme un aquarium sur le point de déborder. J'ai levé les yeux vers Emma ; ils étaient remplis de larmes. Les siens aussi. Elle n'arrivait plus à parler.

Tout en moi s'est mis à trembler. J'ai reconnu la guerre qui revenait, mais comme diluée dans l'eau de l'aquarium. Je savais que je n'allais pas exploser, mais j'avais très peur de me noyer. Sur la première page du premier cahier, le bleu, la petite écriture sage avait écrit : *Je m'appelle Violette et j'ai cinq ans et demi. J'habite 17 rue du Dragon, à Paris.* Je ne comprenais pas.

Je ne comprenais pas.

Emma m'a expliqué, avec une voix très douce et un peu tremblée. Ils ne s'appelaient pas Anne et André, et ils ne s'appelaient pas Fabre non plus. Ils s'appellent Hannah et Avishaï Farb. Ils étaient bijoutiers, français, mais vivaient à Berlin jusqu'à la naissance de Violette, en 1934. Là, c'est devenu trop risqué pour eux alors ils se sont réfugiés à Paris. Quand la guerre a éclaté, ils se sont terrés dans leur appartement, rue du Dragon, cachés dans la toute petite pièce du fond escamotée derrière d'énormes placards, prisonniers comme des rats, ravitaillés par une voisine miraculeuse et courageuse qui s'appelait Madeleine. Ils ont passé toute la guerre comme ça, coupés du monde, enfermés au milieu d'un des quartiers les plus dangereux de Paris, à deux pas du siège de la Gestapo et de la prison du Cherche-Midi où on torturait à mort vingt-quatre heures sur vingt-quatre.

Dans ses cahiers, Violette dessinait ce qu'elle voyait : la cachette minuscule dans laquelle elle a passé quatre ans. Et ce dont elle se souvenait de sa vie d'avant. Avec ses dessins, elle a raconté mois après mois comment, au lieu de vivre et de grandir, il fallait ne pas bouger, ne pas parler, à peine respirer. Sous peine de mort.

Ils ont survécu, enfermés dans cet appartement comme dans un cercueil, mais quand la guerre a été terminée, tous leurs proches avaient disparu. Dès qu'ils ont pu, ils sont partis pour Montréal. Madeleine les a accompagnés. En arrivant, ils ont changé de nom, et décidé de ne plus jamais être juifs. Avishaï a récupéré l'argent qu'il avait mis à l'abri aux États-Unis. Ils ont acheté la maison, et ils ont essayé de tout recommencer. Mais visiblement, ils n'y sont pas parvenus…

– Mais pourquoi Violette n'a rien dit ? Même à Grand-Pierre qui l'aimait comme un fou ? Pourquoi elle s'est tue toute sa vie, jusqu'à en mourir ?

– Parce qu'elle avait peur, Max. Je crois qu'elle n'a jamais cessé d'avoir peur. Et quand maman est née, elle a eu peur pour maman. Et quand maman a eu cinq ans, Violette est devenue horrible avec elle. Je crois qu'on ne peut même pas s'imaginer. C'était plus fort qu'elle, elle n'a pas pu s'empêcher de l'empêcher de vivre, de bouger, de respirer. Maman ne nous racontera jamais, mais je pense que sa mère l'a terrorisée, et même martyrisée, pendant toutes les années qui ont suivi. Pour l'endurcir. Pour la protéger. Comme un réflexe. Comme un instinct de survie…

Tout d'un coup, je me suis senti très fatigué. Je n'allais pas me noyer, mais il fallait que je me repose. Que mon cœur arrête de brûler et que toutes ces choses terribles qu'Emma a découvertes trouvent leur place à l'intérieur de moi. J'ai eu besoin de silence et de solitude. Pour faire le vide et arrêter de réfléchir.

Je l'ai prise dans mes bras et on s'est serrés très fort, pendant très longtemps. Je n'avais plus de mots mais elle a entendu. Je lui ai dit de ne pas s'en faire, que tout irait mieux, maintenant. Je l'ai remerciée d'avoir déplacé toutes ces montagnes pour me sauver des glaces. Et d'exister. Et de rendre ma vie si jolie.

J'ai aussi embrassé Ttotte, mais beaucoup moins longtemps. Ils ont dit à dimanche.

J'ai gardé les gâteaux qui restaient. Je voulais absolument les faire goûter à Charlotte.

Dans les semaines qui ont suivi, Victor m'a beaucoup aidé. Je ne l'avais pas prévu, mais je me suis mis à raconter les colères de maman, et ça m'a fait un drôle d'effet, vu que je n'en avais jamais parlé à personne, de toute ma vie.

J'ai même eu le courage de lui dire comment ça c'était passé, le jour où j'ai failli mourir, parce qu'elle avait trouvé mes dessins et que ça l'a rendue folle. Elle m'a obligé à les déchirer en morceaux, à les mâcher et à les avaler pendant qu'elle hurlait : « Je t'interdis de dessiner, tu entends ? » Ce jour-là, elle était dans le même état que les patients d'ici quand ils font une crise, et moi je pleurais, je pleurais, et je me suis étouffé, j'arrivais plus à reprendre mon souffle, et elle me secouait et me giflait en criant de plus en plus fort. C'était vraiment atroce, je ne sais même pas s'il existe des mots pour décrire cette sensation-là. J'avais à la fois peur de mourir et envie de mourir. Et ça a bien failli arriver. À un moment, je n'arrivais plus du tout à respirer, je me suis évanoui et j'ai cru que ça y était, j'étais vraiment mort.

Elle m'a secoué encore plus fort alors j'ai fini par me réveiller en vomissant de toutes les couleurs, à cause des dessins. Elle pleurait en me tapant dessus et en me demandant pardon. Je pense que j'aurais préféré être mort, finalement. Elle a mis une éternité à se calmer, j'ai cru que ça ne s'arrêterait jamais. C'est ce jour-là que j'ai décidé que c'était fini pour moi, le dessin. Ça la rendait trop folle, c'était beaucoup trop risqué. C'est comme ça que je me suis rabattu sur les nuanciers et les noms de couleurs.

Victor a écouté sans rien dire, je ne sais pas ce qu'il en a pensé, mais il a eu l'air de me croire. Au début, je ne voulais pas lui confier toutes ces choses, et puis je me suis dit que c'était stupide de lui mentir, même par omission. C'est un peu comme me mentir à moi-même. C'est surtout recommencer à garder pour moi les trucs dangereux, et prendre le risque qu'ils explosent à nouveau.

Quand je m'en suis senti capable, j'ai eu une grande conversation avec Emma. À force de penser que tout passe par le fil-de-frère, je me suis rendu compte qu'il y avait plein de choses qu'on ne s'était jamais dites, ni expliquées, et que c'était le moment. Je voulais être sûr qu'elle allait bien, et je voulais aussi qu'elle me raconte comment elle s'était sentie pendant toutes mes années de grand froid. J'ai eu drôlement raison : dès que j'ai ouvert le robinet, elle s'est mise à parler, parler, parler…

Quand j'ai été interné, tout le monde a dit que j'étais fou depuis toujours, et que ça devait arriver.

– J'ai essayé de leur expliquer qu'ils se trompaient. Que ta différence, c'est que tu captes plein de choses qu'on ne capte pas. Et que ça te rend plus fragile, et aussi plus fort. Mais j'étais trop petite, personne ne m'écoutait. Sauf Mouna, qui avait plutôt envie de me croire, mais qui disait en même temps que je t'aime tellement que je ne peux pas avoir un avis objectif sur la question. Comme si eux, ils avaient un avis objectif. Tu parles... Le pire, c'est quand j'ai parlé d'Arthur Rimbaud, alors là, maman a failli s'évanouir. Après, je suis allée voir dans une encyclopédie ce qui lui était arrivé, à Arthur, et j'ai compris que c'était pas une bonne idée, de te comparer à lui.

Elle m'a regardé avec un petit air désolé et adorable. On s'est mis à rire, tous les deux.

Après l'épisode Arthur, elle a renoncé à les faire changer d'avis. « J'attendais d'être assez grande, tu comprends ? » Elle a dit que c'était insoutenable, pour elle, de me voir complètement abruti par les médicaments et de ne plus du tout pouvoir communiquer avec moi. Et aussi de constater que les parents avaient totalement baissé les bras.

– Moi, j'ai toujours su qu'à un moment, tu reviendrais. En tout cas, j'y ai toujours cru, même quand j'étais plus très sûre.

Après, quand elle a commencé à agir, elle s'est sentie beaucoup mieux.

– Mais c'est surtout quand j'ai rencontré Ttotte, que tout a changé. Lui, il ne te connaissait pas, mais il m'a crue tout de suite quand je lui ai dit que tu n'étais pas fou.

Et puis les événements se sont enchaînés jusqu'à ce qu'ils m'emmènent au château et que je commence mon dégel.

Je ne lui avais jamais raconté l'histoire de Charlotte. J'ai trouvé que c'était le moment. Parce que je sais que si Emma n'avait rien fait, j'aurais pu passer le reste de ma vie comme elle, pétrifié dans mon chagrin. J'ai voulu qu'elle le sache, et qu'elle se rende compte qu'elle m'a sauvé la vie. Elle a pleuré toutes les larmes de son corps. Et après, j'ai improvisé vite fait un apéro sur la terrasse pour qu'elles fassent connaissance. Elles se sont bien entendues, évidemment.

Je voudrais aussi qu'elle rencontre Joséphine, mais pas tout de suite.

Elle m'a proposé de me laisser les cahiers de Violette pour que je les lise. J'ai hésité, et puis j'ai dit non. J'en ai marre des cahiers, et ce que je sais me suffit. Le reste, je ne saurais pas où le mettre.

Je n'ai toujours pas tellement envie de voir papa et maman, mais Mouna et Grand-Pierre commencent sérieusement à me manquer. On s'est beaucoup demandé, avec Emma, comment raconter toutes ces choses terribles à Grand-Pierre, et si on doit d'abord en parler à maman ou pas. Elle ne leur a rien dit du tout, ni à l'un ni à l'autre. Elle m'attendait. Finalement, on a décidé de ne rien décider, et qu'on verrait bien au fur et à mesure que les choses se présenteraient. Elles ont fini par se présenter à Noël : comme chaque année, Grand-Pierre est venu s'installer chez les parents pour « le temps des fêtes ». Victor a dit que, si j'en avais envie et que je me sentais prêt, je pourrais aller passer quelques jours à Paris. Emma et Ttotte m'ont proposé de m'héberger chez eux. J'ai accepté.

Le dimanche d'avant Noël, j'ai organisé un apéro de fête pour Charlotte et Joséphine. Emma m'a trouvé des sirops du tonnerre : violette, fruits de la passion, anis, cassis, et même canneberge, je ne sais pas où elle est allée dégoter un truc pareil. J'ai passé plusieurs après-midi à l'atelier de Sophie pour compléter la collection de mini-charlottes : poire, framboise, marrons glacés, et une spéciale Noël, à la cerise, flambée au grand-marnier. Pour Joséphine, j'ai seulement fabriqué une petite broche de bûche au chocolat, très jolie et très sophistiquée. Emma m'a apporté une boîte de vrais petits-fours de Gilles, pour aller avec les sirops. J'ai eu la permission de passer l'après-midi dans la chambre de Charlotte, où Joséphine avait aménagé un petit coin-salon. On s'est vraiment bien amusés.

Je sais qu'un jour, bientôt, je partirai du château. Je ne pense pas que j'aurai envie de revenir, même pour voir Charlotte. C'est un peu comme l'appartement des parents : il y a des endroits qu'il faut laisser derrière soi, c'est mieux comme ça. Mais peut-être que Joséphine organisera des sorties et qu'elles viendront me retrouver à Paris ? Je lui en ai parlé, elle a eu l'air de trouver que c'était une bonne idée.

Elle m'avait préparé un cadeau, elle aussi. Une belle écharpe bleu-gris, entre acier et horizon, très chaude et très douce, qu'elle a tricotée exprès pour moi. Elle a dit : « C'est exactement la couleur de vos yeux, parfois. » Je la porte tous les jours, dès qu'il fait froid.

Après l'apéro de Noël, Emma et Ttotte sont venus me chercher pour m'emmener à Paris. J'avais l'impression de partir pour un grand voyage, comme si c'était la première fois de ma vie que je mettais les pieds dans cette ville. La première fois de ma nouvelle vie. Leur appartement est très chouette, lumineux et rempli de couleurs, sous les toits d'un vieil immeuble avec du ciel plein les Velux. J'ai dormi dans le bureau de Ttotte, qu'ils ont aménagé en chambre pour que je me sente « comme chez moi ». Je me suis senti comme chez eux, et ça me va très bien.

J'ai revu Mouna et Grand-Pierre. Je trouve qu'ils ont beaucoup vieilli. Comme si leurs cheveux étaient encore plus blancs, leur peau encore plus transparente et douce, et surtout leur silhouette un peu fragile. En fait, je crois que jusque-là, je ne m'étais jamais rendu compte qu'ils étaient vieux. Ils sont venus prendre un repas, chacun à leur tour. Ils étaient mignons, ils avaient tellement peur de prononcer les mots qui tuent que ça n'a pas manqué. Mouna racontait une histoire de pâte qu'elle n'arrivait pas à faire lever et elle a dit : « J'ai cru que ça allait me rendre folle. » Et puis elle m'a regardé comme si le monde allait s'écrouler, elle est devenue rouge écarlate et elle n'arrivait plus à parler. Emma et moi, on pleurait de rire. Mouna était vexée. Elle a dit « si ça vous fait rire, tant mieux pour vous », comme quand on était petits, et je l'ai prise dans mes bras pour la couvrir de baisers. Elle s'est mise à pleurer, et on a enfin pu parler des choses de l'intérieur. Elle a dit « mon chéri, mon chéri tu sais j'ai eu si peur », j'ai expliqué que je n'avais pas eu mal, seulement froid, mais que ça y est, je suis réchauffé maintenant et que je suis sorti de ma cachette de glace pour revenir dans le monde des vivants. Je me suis rassis à ma place, elle nous a resservi à chacun une part de sa tarte gouda-potiron-noix-de-cajou et on a bien compris qu'on n'avait pas intérêt à dire non. Mouna, quoi. C'est tellement bon de la retrouver…

Pour Grand-Pierre, ça a été un peu plus compliqué. Il y avait tous ces secrets entre nous qui nous empêchaient de nous approcher. Alors on restait à distance, comme si quelque chose nous séparait. J'ai bien vu dans ses yeux que ça le bouleversait, mais je me suis dit qu'il comprendrait aussi ça, lui qui savait tellement bien comprendre. On a parlé du bois, du fleuve, du bateau. On a parlé du parc et du château, en faisant bien attention de ne pas aborder les sujets qui font peur, un peu comme une navigation délicate de bouée en bouée, quand le fleuve est mauvais. Et puis à un moment, j'en ai eu assez. C'était trop difficile pour tout le monde de faire attention à tout. J'ai regardé Emma, elle a fait oui avec les yeux, j'ai senti mon cœur accélérer, j'ai respiré un bon coup et j'ai dit :

– Tu sais Grand-Pierre, on a des choses à te raconter.

Il a répondu très tranquillement :

– Je sais, mon cher Max. Mais prenez votre temps, y a rien qui presse.

Ttotte a préparé une grande cafetière de jus de chaussette, spécial Grand-Pierre, et on s'est installés dans le salon. Emma s'est assise sur le canapé, à côté de lui. Ttotte et moi on était en face, dans les fauteuils. Et on lui a raconté, le plus simplement possible, l'histoire des cahiers de Violette. Il a écouté en hochant la tête. De temps en temps il disait : « C'était donc ça… » Il était comme un bel érable au milieu de la tempête, secoué mais solide. Têtu, enraciné. J'ai retrouvé cette sensation que j'ai toujours eue avec lui : l'impression d'être à l'abri d'un grand arbre tranquille et fort qui résiste à tout. Je ne sais pas comment on peut supporter que la personne qu'on a le plus aimée de toute sa vie vous ait caché la chose la plus importante de son existence. Et que l'amour, si profond soit-il, n'ait pas suffi à la garder en vie.

Quand on a terminé notre récit, Emma s'est levée pour aller chercher les cahiers. Elle les a donnés à Grand-Pierre. Il les a caressés avec une tendresse infinie et puis il a dit :

– Écoutez donc, vous autres. Je vous remercie. J'ai passé ma vie entière à essayer de rendre votre grand-mère et votre mère heureuses, et à me dire que j'étais incompétent dans ce domaine. Et à soir, je découvre que c'est pas ça la vérité. La vérité, c'est que quelque chose qui ne m'appartient pas les empêchait d'être heureuses. Mais ce n'était pas moi. Vous ne pouvez pas savoir le cadeau que vous me faites, à c't'heure.

À l'intérieur de moi, j'ai senti un énorme morceau se détacher et libérer un bel espace vide. Comme si un gros iceberg de la débâcle, tellement gros que je ne le voyais même pas et que je croyais qu'il faisait partie de moi, venait de lâcher d'un coup.

À la fin de la soirée, Emma et moi, on a raccompagné Grand-Pierre à pied jusqu'à l'immeuble des parents. On a marché longtemps, sans rien dire. Il faut du temps pour s'habituer aux nouveaux paysages. Avant de monter il a dit, en serrant les cahiers de Violette sur son cœur :

– Je vais en parler à votre mère, et je vous rappelle quand il est temps.

Emma et moi, on est rentrés en silence. Il s'est mis à neiger à gros flocons, et Paris semblait ralenti, tamisé, apaisé. Comme moi. Ma débâcle est terminée. Il ne me reste plus qu'un petit glaçon dans la tête. Un tout petit glaçon de rien du tout.

épilogue

On n'a pas passé Noël avec nos parents, ça aurait été prématuré pour tout le monde. Je suis resté bien au chaud auprès de ma petite sœur et de son homme et le soir du Nouvel An, on a préparé un gueuleton pour Mouna et Grand-Pierre. Gilles et Isabelle étaient invités, ils ont apporté le dessert. C'était bon, c'était doux, c'était tendre. Comme un printemps. Et puis je suis retourné au château pour finir tranquillement mon dégel. J'y suis resté jusqu'à la fin de l'été. Papa et maman sont venus me voir plusieurs fois. Je les ai trouvés pas mal vieillis, eux aussi, et un peu perdus. Comme si c'était eux les enfants. Je crois que ça change tout, de voir ses parents avec des yeux nouveaux. On a beaucoup parlé. D'abord avec Victor, et puis sans lui, tous les trois, tranquillement. C'est comme si on était des étrangers qui doivent apprendre à se connaître. Ça va prendre du temps mais du temps, on en a.

Maman m'a demandé pardon pour les colères et tous les autres trucs, même le jour terrible, comme si c'était de sa faute. Je sais, moi, qu'elle a fait ce qu'elle a pu. J'ai essayé de le lui dire, mais elle pleurait tellement, je crois qu'elle n'a pas entendu. De toute façon, c'est presque impossible de convaincre quelqu'un qui se croit coupable qu'il ne l'est pas. Alors une mère, n'en parlons pas. J'espère qu'elle finira par y parvenir, et que sa vie sera un peu plus légère. J'espère surtout qu'elle va se décider à reprendre la peinture pour de bon. Moi, j'ai bien repris la pâtisserie.

Avant mon départ, Victor a accepté que j'offre à tous les résidents un grand goûter d'adieu. Gilles est venu avec sa camionnette, et on s'est installés dans les cuisines du château pour préparer un buffet de petits-fours dont ils se souviendront longtemps. Qu'est-ce que j'ai aimé recommencer à bosser avec lui ! Je n'ai pas du tout perdu la main. Sophie était belle comme d'habitude et scotchée, comme je l'avais prévu : cette fois-ci elle a vu qui c'était, l'artiste. Victor avait l'air drôlement content. Charlotte était ravie, Joséphine s'est régalée et moi j'étais heureux. Et pas mal fier, aussi.

Je me suis installé dans l'immeuble d'Emma et Ttotte, deux étages en dessous de chez eux, dans un petit studio qui venait de se libérer. J'ai peint le mur du fond bleu entre canard et turquoise, et j'ai recommencé à travailler avec Gilles. J'aime toujours autant ça. Les Japonais et les Américains font la queue dans la boutique pour goûter nos gâteaux. On est sacrément fiers, surtout Mouna. Je ne serai jamais dans la finance mondiale comme papa, mais je suis quand même dans la pâtisserie internationale. Et ça, ça lui fait vraiment honneur, je crois.

J'ai cru que tout était réglé, et que je pourrais reprendre tranquillement le cours de ma vie, ou plutôt commencer enfin tranquillement ma nouvelle vie. Mais quelques jours avant le week-end de la Toussaint, Emma a pris un air mystérieux pour me dire : « On a une surprise pour toi. On t'emmène pour trois jours. » Quand j'ai demandé où, elle a fait son petit sourire narquois que je déteste pour répondre : « Tu verras. »

Un matin, à l'aube, on a pris un TGV pour la Bretagne. J'ai eu beau les cuisiner, ils n'ont rien voulu me dire dans le train. Ni dans la voiture qu'on a louée à l'arrivée. On a roulé quelques kilomètres, jusqu'à un petit village au bord d'une ria. C'est l'estuaire d'une rivière : on dirait la mer, avec les marées, les oiseaux, les algues et les parcs à huîtres, mais sans les vagues. Sauf les jours de grande tempête, paraît-il. Mais là il faisait beau, doux et bleu. On s'est installés pour manger des frites et des langoustines dans un restaurant tenu par une vieille dame, qui semblait n'avoir pas changé depuis les années 50 : une grande salle de banquet avec des murs passés à la chaux et du carrelage qui résonne, un bar modeste où les « collègues » viennent discuter en buvant un petit blanc.

En face du restaurant, un très vieux pont mène à une île. Une île minuscule remplie de maisons serrées les unes contre les autres, autour de la chapelle. On a fait le tour en dix minutes à peine. On a trouvé deux bancs de pierre contre une façade et on s'est assis là, plein ouest, chauffés par le soleil d'automne. Marée basse. Les oiseaux qui rigolent et une odeur de fleurs salées. Au milieu de la ria, une maison d'huîtrier posée sur un rocher, qui semble sourire avec ses volets bleus, comme un dessin d'enfant.

– Tu vois la maison jaune, là-bas, avec les volets bruns ?

– La petite, avant le pont, sur la pelouse bien verte ?

– Oui. Elle est chouette, hein ? C'est là qu'on va.

– C'est chez qui ?

– C'est chez nous, on vient de l'acheter.

On a repris la route un tout petit moment. Et puis on s'est engagés dans un passage étroit signalé comme un cul-de-sac, qui sinue au milieu des maisons. À droite, un chemin rempli d'herbe, vert pétant. Ttotte a garé la voiture. Emma a cherché un trousseau au fond de son cabas à fleurs. Elle a glissé une vieille clé dans la grosse serrure du portail écaillé. On avait l'impression d'être sur une île. Au bout du jardin, la rivière commençait à monter avec la marée. Emma a ouvert les volets, le soleil a coulé à flot dans une grande pièce presque vide, murs blancs et vieilles tomettes roses, une cheminée, deux canapés ocre jaune, une table basse et dans le fond, en dessous de l'escalier, la cuisine, avec une table et quatre chaises bleu passé. La sensation étrange d'être dans un endroit familier. Chez moi, presque.

Emma est allée chercher des transats dans la remise, et on s'est installés au milieu de leur royaume pour faire une sieste royale, sous le ricanement des mouettes. On s'est réveillés juste à temps pour s'offrir la splendeur d'un crépuscule, en Technicolor, du rose flamboyant au vert pâle si délicat des yeux de Mouna et d'Emma. Et puis on est rentrés. J'ai allumé le feu pendant que Ttotte nous refaisait son fameux coup du casse-croûte cent pour cent basque. On a commencé par le pâté. Emma m'a pris par surprise, pendant que je tartinais.

– Tu sais chez qui on est, là ?

– Oui. On est chez vous. Tu me l'as déjà dit.

– C'est la maison de tante Zélie.

– La tante Zélie de Mouna ?

– Exactement.

Touché.

– Et c'est ici que papa a passé les trois premières années de sa vie, figure-toi.

– Allons bon. Qu'est-ce que c'est que cette histoire, encore ?

– C'est l'histoire de Mouna. Elle manquait au tableau, non ?

– À moi elle ne me manquait pas tellement. Mais je suppose que si vous m'avez emmené ici, c'est pour me la raconter…

Voilà, c'est le moment où on pense que ça y est, la débâcle est vraiment terminée, tout est rentré dans l'ordre, à un petit glaçon près, l'été va pouvoir commencer et paf. On se reprend une grosse bouffée d'hiver, des fois qu'on aurait oublié.

– Tu te souviens que le jour où on est venus te chercher à l'hôpital pour t'emmener au château, j'avais les cheveux très très courts ?

Là, ma chère petite sœur s'est embarquée dans une de ces histoires dont elle a le secret, genre tour de bonneteau où si on n'est pas super concentré, on perd forcément le sujet de vue. Je me suis demandé si elle faisait ça pour m'énerver, parce que ça m'énerve et elle le sait, ou pour noyer le poisson, parce qu'elle a quelque chose de pas facile à m'annoncer. Vu le contexte, j'ai opté pour la deuxième solution. Je l'ai laissée noyer son poisson sans vraiment l'écouter, mais surtout sans l'interrompre.

– … bref, j'ai été engagée pour danser dans ce spectacle à une condition, c'est que j'accepte de me raser la tête.

Je ne voyais toujours pas le rapport avec Mouna.

– Quand je suis arrivée à la maison avec le crâne tondu, Mouna est tombée dans les pommes. Et quand elle a repris ses esprits, elle était complètement incohérente.

Coulé.

J'ai senti que tout s'affolait à l'intérieur de moi.

– Tu veux dire qu'elle a fait une bouffée délirante ?

Quand Ttotte a vu que la panique nous gagnait tous les deux, il a pris les choses en main. Et, d'un ton calme et posé, un peu comme quand il fait la voix off de ses documentaires, il a expliqué qu'en voyant le crâne d'Emma, Mouna s'était mise à délirer à propos de Libération de Paris, de foule en furie et d'épuration.

– Mais quel rapport avec elle ?

Je sentais un froid horrible s'engouffrer dans mon corps à toute allure. Je l'ai reconnu, et ça m'a fait affreusement peur. Je me suis rapproché de la cheminée, mais ça n'a pas suffi à stopper la vague glaciale que je sentais monter en moi. Emma m'a répondu en parlant très vite, comme quand elle panique :

– C'est comme ça qu'on a appris que le père de papa était un soldat allemand, mais elle dit que c'était pas du tout un salaud, bien au contraire, il a aidé plein de Français, et même des Juifs à Paris pendant que certains autres s'en mettaient plein les poches en Bretagne, je pense qu'elle parle de ses parents mais tu sais comment elle est, elle refuse d'en dire plus.

Ttotte lui a pris la main et l'a embrassée pour la faire ralentir. Elle s'est tue carrément, et il a repris :

– On ne sait pas exactement ce qui s'est passé à la Libération, à part que ça a été très dur pour elle, même immonde sûrement, et que son amoureux allemand, votre grand-père, a été tué.

C'est Emma qui a raconté la suite, recroquevillée autour du coussin du canapé qu'elle serrait contre son ventre.

– Elle a accouché à Paris, je préfère ne pas imaginer dans quelles conditions, et puis elle est venue se réfugier ici avec le bébé. Et elle n'a plus jamais parlé de tout ça, à personne. Ni de son chagrin. Ils sont restés là jusqu'en 1948, et puis son amie Blanche lui a trouvé une place dans la pâtisserie où elle travaillait, et elle est revenue s'installer à Paris avec papa.

– Mais il est au courant de tout ça, lui ?

– Mouna ne lui a jamais rien raconté. Quand il insistait un peu, elle se débrouillait pour qu'il imagine que son père était un soldat américain. Tu sais comme elle est douée pour faire des mystères et des tours de passe-passe. Il a découvert la vérité en même temps que nous, il y a deux ans.

– Et comment il a réagi ?

– Tu le croiras jamais. Il a dit, texto : « Tu ne peux pas savoir comme je suis soulagé. »

– Soulagé ?

– Eh ben oui, figure-toi. Depuis qu'il est tout petit, il se demandait ce que Mouna lui cachait, en imaginant les pires choses.

– Ça ne peut pas être tellement pire.

– Bien sûr que si. Ce qui compte, pour lui, c'est que ses parents se soient aimés, et que son père n'était pas un violeur, ou un salaud qui les a abandonnés. Une fois qu'il a compris ça et que Mouna a repris ses esprits, il était rassuré et tranquille.

– Et il n'a pas cherché à en savoir davantage ?

– À savoir quoi ? Tu connais Mouna : si elle a décidé de ne rien dire, elle ne dira rien. Jamais.

Et comment, que je la connais. Par cœur, même. Emma a raison : elle n'en dira jamais plus. Est-ce que ce serait utile, d'ailleurs ? Depuis le début, elle a décidé que le passé c'est le passé et qu'ils seraient heureux tous les deux, un point c'est tout. Et, comme à son habitude, elle a fait tout ce qu'il fallait pour que tout se passe comme elle l'avait décidé.

Le lendemain matin au petit déjeuner, dans la maison de tante Zélie, Emma et Ttotte m'ont annoncé une autre grande nouvelle. Ils attendaient un bébé. Une petite fille, prévue pour le jour du printemps, qui s'appellera Rose Zerua. J'ai demandé : « Zerua ? C'est quoi ce nom bizarre ? » Ttotte a répondu fièrement : « C'est du basque. Ça veut dire "ciel", et même parfois "paradis" ». Rose ciel, c'est un peu comme bleu soleil : tout le monde ne peut pas comprendre.

Ils m'ont proposé de choisir un troisième prénom, des fois que les deux premiers ne lui iraient pas. Je me suis vraiment demandé quel nom je pouvais trouver pour une petite fille à l'héritage si compliqué. J'ai réfléchi des jours et des jours. J'ai cherché dans mes livres d'histoire, dans les dictionnaires, dans tous les poèmes que j'aime, et aussi dans les nuanciers, tous les beaux noms de couleur. Et puis finalement, c'est venu tout seul.

J'ai choisi Madeleine, un nom de femme formidable et de gâteau délicieux, pour que sa vie soit douce et gourmande. Rose, Madeleine, Zerua, quel programme !

Elle est née comme prévu, le jour du printemps. Quand je l'ai prise dans mes bras, j'ai tout de suite eu des milliers de choses à lui dire, avec ou sans les mots. Et surtout, j'ai senti qu'on allait s'aimer, elle et moi. Énormément.

Pour fêter l'arrivée de Rose, ses parents organisent une grande fête au début de l'été. On va tous se retrouver en Bretagne, dans la maison de tante Zélie. Maman, papa, Mouna et Grand-Pierre, qui viendra spécialement de Montréal. Il y aura aussi Gilles et Isabelle, et toute la bande de copains d'Emma et Ttotte. Ils m'ont proposé d'inviter mes amis, si je voulais.

J'ai écrit à Charlotte et à Joséphine. J'espère qu'elle viendra.

Saint-Cado, le 20 juin 2014.

merci

à Luc, énormément
à ma bande de frères
à ma Deleine, pour m'avoir prêté son Pierre et à Pierre, pour avoir accepté
à Jacqui, pour l'emprunt involontaire mais ô combien précieux
à Inès, pour Yolande
à Camille et Archibald, parfaits modèles
à Anne-Marie, Antoine, Benoît, Carol, France, Marjorie, Michel et Dany, Philippe, ma bande de bienfaiteurs
à Nicole et Jean-Pierre, pour « ma » petite maison
à Deborah, sans qui…

et à Nicole Croisille pour Emma, *à Serge Gainsbourg pour* Comic Strip, *à Édith Piaf pour* La Vie en rose, *à Fred Pellerin pour* Au commencement du monde, *à Arthur Rimbaud pour ses* Voyelles.

Photocomposition PCA

Achevé d'imprimer en février 2016
par CPI Bussière
pour le compte des éditions Calmann-Lévy
31, rue de Fleurus 75006 Paris

N° d'éditeur : 8144701/01
N° d'imprimeur : 2020848
Dépôt légal : mars 2016

Imprimé en France.

Du même auteur

Jeanne et Marguerite, Calmann-Lévy, 2011.

UN PETIT GLAÇON
DANS LA TÊTE